U0908131

【把爱做到菜里面】
魏瀚/著
CNS
湖南文艺出版社
HUNAN LITERATURE AND ART PUBLISHING HOUSE
博集天卷
CS-BOOKY

目录

CONTENTS

序：路很长，梦很多，想要新，心要细

刘一帆

参加《顶级厨师》的比赛一直是很多人的梦想，魏瀚就是其中一员。对于这个残酷的比赛来讲，中间总是有很多坎坷和波折，就像我每一次所讲的：“你只靠你的菜品讲话。”

从海选到最后，我见过很多选手，他们都有很多不错的地方，但却没有走很远。究其原因，并不是菜做得不好，而是得失心太重。人做一件事情的时候若心里装着的东西太多，不纯粹，自然结果也会受心绪的影响，难以真正地回归到厨艺的本质——好吃这两个最基本的字上面来，颇有些“买椟还珠”的意味。

我印象中的魏瀚，总是把情绪写在脸上，爱哭爱笑。做的菜也是，会受心情的影响，时好时坏。我总是站在一个评判者的角度去衡量一道菜，一个真正的厨师，他的初心是什么，是否真正热爱厨师这个最简单的职业，并肯脚踏实地地去做好烹饪。只有如此，才能成为一个真正的好厨师。所幸，魏瀚并没有让我失望。

第一个顶级厨师产生的时候，我为他感到高兴。因为魏瀚一路走来，我总是以最严肃的导师身份给予其一些建议和鼓励。每一个参加比赛的人都不容易，都带着梦想而来。但也只有一个人，能够披荆斩棘夺冠。我喜欢有梦想的人，他们让世界充满了希望；我也感谢有梦想的人，他们让世界如现在一般美好。

比赛结束了，可是人生的赛季还长。这几个月对于每一个参与《顶级厨师》的人来讲，都是一种历练，它丰富了他们的人生经历，也帮他们完成了很多不可能。我很高兴能参与这个造梦的过程，在完成收获的时候，每个人都感谢这一路的点滴苦痛。

很高兴能看到一个年轻人成长起来，承载着自己的美食梦想：开一个美食教室。“授人以鱼，不如授人以渔。”这是一句中国的古话，很有道理，也需要践行者马不停蹄地坚持下去。

有一句话送给魏瀚，也给你们：“路很长，梦很多，想要新，心要细。”

自序

魏瀚

我必须感谢很多人，感谢很多帮助我的人。

除了我爸妈之外，我还要感谢我的舅舅、舅妈给予我的极大的支持和帮助。电视上留给我说话的时间有限，我根本说不完你们对我的大恩大德。

我感谢所有的鼓励与批评，我会不断进取并戒骄戒躁。

“路很长，梦很多，想要新，心要细。”这是导师刘一帆送给我的箴言。现在所拥有的一切，对于年轻的我来说，有些太多，但是既然美食给了我梦想，给了我机会，我就会照单全收。

很多人问：“做菜对你意味着什么？”

对我来说，做菜如同长期的恋爱，有庄严的时候，也有偶尔荒唐的时候。记忆，更是通过味道留在脑海里面，历久弥新。

就像是在恋爱里面回首前尘的时候，总会想起记忆深处那些最快乐的时光。那些是刚一开头就会吸引你的故事，那些是会让你一再回过头来反复思量的故事。

也有很多时候，当记忆模糊到只剩碎片，回忆变得异常困难。但可能就是那一口温暖的汤，让你思念起情人那温柔的眼；也可能就是那口奶油的柔滑，让你梦回独自漫步在异乡时遇到的那抹微笑。

在这个世界上，分享快乐的途径的确很多，但是美食对于我来说无疑是最为直接的方式。而烹饪，更需要亲手去制造快乐的造梦时刻。

很多时候烹饪是幸福的，因为它有着两人最美的回忆，让彼此想起那相视一笑的温馨；而有时候，它又是形单影只的，你可能会默默地对着一桌子珍馐，品味那属于孤寂的味道。

恋爱如同烹饪，总是用简单的如同“你和我”的食材，融合成最特别的一道菜。

无论如何，我深深地爱着它，我喜欢扑面而来的那热腾腾的香气，它舒服地抚摸着我的每一个美食细胞，让我感受昏黄灯光下那属于幸福的味道；而我更喜欢的，是为你端上那份只属于我们之间的相视而笑。眼神中的色香味，请不要浅尝辄止。

因为食物的动人，不在美味，而在于背后的爱。

美食-WIFI

METTEZ L'AMOUR
DANS LE
PLAT

把爱做到
菜里面

我的大厨梦

很多人问过我，你很会做菜吗？

其实我到现在都不敢说我在做菜这件事情上是多么的天赋异禀，倒是觉得我爸妈都是食神转世。

这不仅造就了我从小就浑圆的体形，更让我对食物以及烹饪有了一些更深的体会：首先，食物是可以填饱肚子的，这是食物的第一大功效，吃不饱就谈不上美味；果腹之后，我便发现，食物原来是可以付出很多感情去调味的，那种食物，才能称得上“美味”。

而我体会到的第一道用心去做的菜，便是童年时期的蛋炒饭。

大约每个小学老师在布置作业的时候都说过：这星期回家应该给父母做一道菜。于是，全班一半以上的同学选择了跟蛋有关的料理，比如葱爆鸡蛋、西红柿炒蛋、韭黄炒蛋、紫菜蛋花汤、蛋炒饭……我估计隔天老师听完大家的发言之后，肯定一整天都不愿意吃鸡蛋。而我却在众人中脱颖而出——单凭一碗很雷同的蛋炒饭。

那是一碗很简单的蛋炒饭，简单得不足为奇，不过我当时创新地加入了酱油和香油调味，并且搭配了莴苣头、火腿肠粒。就是这么简单的举动，让这碗蛋炒饭变得玲珑剔透，诚意十足，当然爸妈也对我那碗饭赞赏有加（除了抱怨下手有点儿太重）。

老师夸奖我说："魏瀚同学的菜，是有爱放进去的。"

那一刻，我仿佛有所顿悟：原来做菜也可以很有成就感，是可以让人品尝到快乐的。不过这种做菜的激情仿佛就在童年出现过那么一次（抛开小时候去乡下抓蝗虫，分离它身体各部分来煮汤逼同伴喝的那种黑暗料理），我的厨艺梦仿佛就戛然而止了，甚至我在大学前都没怎么进过厨房。

即便家里设宴，我爸妈也总会包揽整个制作流程，而我只要能洗洗碗，便算是帮助了他们很多。于是，做菜对我来说还挺神秘又简单的。

我爸的拿手菜是各种鱼类。因为他本身是一个特别爱钓鱼的人，所以我们家的餐桌上一年四季都有很多鱼。每次有人吃完我爸做的鱼，总是要问他秘诀："呀！魏师傅你烧的鱼为什么这么好吃？！"我爸总是说："随便做做，随便做的。"可我分明看到他很细致地清理鱼的内脏，毫不马虎地去腥，再加入他秘制的泡菜丝，一切都有条不紊。当锅盖掀起的那一刹那，喷香的热气扑面而来的时候，我才知道，这个"随便"真的不"随便"。

可我是怕吃鱼的。因为我曾被鲫鱼的小刺卡住喉咙，去医院纠缠了三小时都没有取出，那个医生说，再取不出来可能就要做开喉的手术。从此之后，我便很怕鲫鱼，一看到它便想到医院那消毒水的味道和舌头上的麻药。可是每次我爸烧的鲫鱼端上桌，我还是忍不住想要去吃。上次因为是栽到鲫鱼的背上，后来便把目标转移到只有大刺的鱼肚子上，一盘鱼总是被我吃得只剩下背部。爸妈也不说我，任由我“胡作非为”，他们总是说：“吃鱼好，少吃肉。”

我也问过，他烧的鲫鱼为什么这么好吃。我爸总是说：“做给家人的菜，总是要用心些的。”

我当时觉得挺意味深长的，后来当我告诉爸妈我要去学厨的时候，他们应该也有同感吧。

还记得那是大四开学前的一个冬季，我们家在一起吃饭，那顿饭吃的什么我还记得很清楚。刚过完年，家里请客吃火锅，剩下了很多菜。后来我爸又炖了一锅骨头汤放进去，就着剩下的没烫的蔬菜，吃第二顿“老火锅”。

不得不说，那种火锅的味道真的是很浓郁的，也就是现在传统意义上的“口水油”。当时四川禁掉“口水油”的时候，很多老食客都还联名抗议说火锅失去了原来的味道。我觉得人的记忆跟味觉是有直接联系的，你很可能记不起某些人、某些事，但是一吃到那个味道，所有记忆的脉络瞬间都变得清晰了。

吃火锅是一个漫长的过程，也是最适合聊天的饭局。那天在饭桌上，

我爸突然问我："大学毕业你要干什么？"

"留学。"我一到这种正经谈话的时候就很忐忑，生怕我爸又要突然发难。每次跟他谈到这个问题，他就像是特务头子上身，严肃得好像要我说出组织的秘密。

我妈开口了："留学？那可花钱了，我看那个钱还不如去买辆车子或买个房子付个首付。"

"我现在不需要车子，也不需要房子，我就想出去看看。"我真的一直对不动产没什么特别大的念想。

第N次家庭会议一触即发。我们家的传统是，如果是一般大小的事情，在电话、短信中达成共识就好了；一般我想要提款的时候可以在他们打牌的间隙完成；但凡"重大事件"、多边会谈的情况呢，绝对是在餐桌上进行的，颇有鸿门宴的感觉。

还记得上次这种情况，是我爸妈在我填报高考志愿的时候召开的"峰会"，最终我以战败国的身份就读四川外国语学院法语系，之前想要报考的四川音乐学院只能被迫作罢。原因是经过我爸跟我妈的商量，一致觉得学外语更有出路，像我这种资质去学艺术，最多就只是一个群众艺术积极分子，死路一条。

我不禁走了神儿，"父王"开口了："我倒是觉得应该出去走走看看，就是你妈当初执意要买大房子……你也知道咱们家现在的状况，如果你是想出国奢侈一把，那可没有这个条件。你想好学什么了吗？"

"我想去'蓝带'学西点……"我把声音放得特别低。"西点？！"

我妈开始咆哮了，“你这个样子还去当兵？！哎哟喂，笑死老娘了！”

我瞬间翻了一个白眼：“啊呀，哪里是那个西点军校，是‘蓝带’，巴黎的一个厨艺学校……就是你之前看的韩剧里面金三顺去过的那个。”

“啊呀，电视剧里面的你也信！你怎么没说要去大长今那儿培训一下呢？”我妈总是对电视剧如数家珍。

“这么说，”我爸又国务卿上身了，“你要去学厨？”

“是的。我想当一个大厨！”我用《时代在召唤》（第四套广播体操）的声音响亮地答出来。

“哈哈哈……”我妈笑得跟一朵花一样，“哎哟，哈哈哈，笑死老娘了……一个不进厨房的人要去当大厨？！哈哈哈……还好你没说要去拍电视剧！哈哈哈……”

会议结束了。其他的细节我真不太记得，只记得我吃了最难吃的一顿“老火锅”。

接下来的几天，他们对我采取了各种洗脑措施。先是摆出了各种“糖衣炮弹”，在我出没的地方通通摆上了各种留学的资料，但是学校全都是“正统”的巴黎几大，波尔多几大，专业都是“很挣钱”的经济管理、企业管理、市场营销……

与此同时，我每天进厨房的时间变成了以往所有的总和。我爸会让我杀鱼、洗鸡鸭、打理大肠和各种内脏，目的就是告诉我：“嘿，你看，厨房里面都是很脏、很辛苦的活儿。”我妈又从单位里搜集了各种情报：“啊，

你看 ××× 的儿子在美国学医；××× 的女儿在英国读博士！哎哟你看你出国为什么不选个光鲜亮丽点儿的专业学呢？！”

“唉，妈，你要不要我去学个美容美发？光鲜亮丽！”我一边往鸭子内脏上抹盐，一边跟我妈插科打诨。

“你个报应！学那个要去法国吗？新东方可以学整套！新东方也有学厨的，你要不要去吗？！”我妈自己想了想，“怕是不对哦！本科毕业去学个专科，不行不行！”

其实那段时间我还挺苦中作乐的：首先呢，我跟他们的沟通多了不少，可以见缝插针地说我自己想要什么，想过怎样的生活；其次，其实在这种培训中，我渐渐学到了不少厨艺。虽然打杂的工作很烦琐，甚至要早上七点起来跟我爸去买当天的土鸡，或者洗那种从屠宰场直接运来的大肠，但我觉得还真的挺有趣的。这是我以前从来都不知道的一个板块，所以现在自然有发现新大陆的喜悦。

我包揽了几乎整个假期的饭菜。从之前的什么都不会，到会做我爸每天教授的一些传统川菜：回锅肉、口水鸡、鱼香肉丝、宫保鸡丁、蒜泥白肉、啤酒鸭、水煮鱼等，在我看来还真的挺神奇的。

我爸每次都会不断地叮嘱我：“仔细看！出去就饿不死了！万一遇到外国朋友你还可以秀一把。”我知道他是真的关心我，毫无保留地传授，只是他本身是个极其爱面子的人，要是让他去大肆宣扬独子去法国学厨而没有读硕士，想必是不太光彩的。不过他终究还是由着我的，至于我妈就是墙头草，跟着主风向倒。

其实至今想起来，我也不知道当时怎么就这么铁了心要去学厨艺。可能是对从小到大被安排的生活感到厌倦，也可能是真的想要自己去迎接一种全新的生活。我什么都没考虑，就这么出国去了，一个什么都不懂的人，一个厨房白痴，就这么背着箱子去学厨了，还想着这辈子就靠这个为生了。

我觉得啊，理想这个东西经不得细想。我不会在做任何事情之前，去考虑我放弃的东西，然后把它们算入我下一个要做的事情的成本。每一次都从“零”开始是最好的，如果你的梦想一开始就进入一个负债的阶段，我并不觉得它有益处，因为你总是在意“我付出了什么”“到时候估计得不到什么”，你就会很受伤，很难过。

还没快乐便已忧伤，还没投入就计算成本。这最可怕。

川式回锅肉

食材：

半肥瘦五花肉 250g
青色辣椒 150g
嫩姜 150g
蒜片 5g
豆瓣酱 20g
白糖 10g
酱油 5g
辣酱适量

做法：

1. 将青色辣椒先干煸，然后撕去皮，盛出。这样辣椒有一股特殊的煳香味道。
2. 肉先行煸出肥油，我个人喜爱干一点儿的，特别有嚼头。然后放入姜、蒜片、辣酱炒香。
3. 加入白糖炒糖色，到肉煸炒至金黄色，然后淋入豆瓣酱、酱油。
4. 起锅时放入之前煸制的辣椒翻炒。

川式回锅肉

温水煮青蛙

当时反对我出去的人，除了我父母，还有我的老板。Q 女士是我大四在旅行社实习时的经理。她曾经是一名舞者，后来转行开了旅行社。刚生完小孩儿的她就迅速回归工作，典型的女强人。

我投第一份简历的公司，就是他们旅行社，他们招的第一个法语导游就是我。所有的一切，仿佛都是机缘巧合，旅行社接了法国团要去峨眉山，找不到法语导游之时我就去了，于是成就了“当天递完简历就出团”的纪录。

我无法自吹自擂地说，一个零经验的导游带团能有多么优秀，但是凭着我对峨眉山每年一去的熟悉程度，工作完成得还挺不错。Q经理挺器重我，很多大团大线路都交给了我。其实那个收入对于我来说，已经非常丰厚。毕业以后出国，意味着我还需要放弃一些东西，就是我实习的导游工作。

我记得当时Q经理把我叫到办公室的时候，我是去拿我的实习证明表的。上面的话当然每一句都极其受用。Q经理的意思简单明了：工作不错，希望继续努力，毕业之后过来，我给你一个小经理的位置，五险一金，月收入比现在还多，做得好一年20万不是问题。然后强调："你小子要转行也就算了，如果去别的旅行社，我肯定要打死你！"

很好，果然是她一贯的作风：稳，准，狠。

拿完了实习证明表，我说："Q经理，我准备出国留学。"

她眉毛一挑："留学？你书还没有读够啊？读了十几年你也不嫌烦？"

"我已经决定了。谢谢Q经理给的机会，如果你年薪给我翻倍我就不

去了！”我知道她肯定要叫我滚，哈哈。

“滚！”我倒是猜中了她的回答，“我自己都没这么多！你去学什么？”

“法国菜，就是厨师。”我每次说到厨师其实底气都不足。

“你以为你是明星呢？！影、视、歌样样来，也没听过要去学厨。想清楚了吗？”

“想清楚了。”我倒是很坚定，就跟她当初问我“马上出团走不走？”的时候一样。

Q 经理的眼神一下子就柔了下来：“去吧，现在不去，以后就是想去，也不敢去了。”我觉得她肯定又在矫情地回忆自己的舞者生涯了，“不过，你想回来的时候，随时欢迎。”

那晚，旅行社的所有同事都来跟我饯行，包括那些平时看我特别不顺眼的人也带着矫情的面具，特别酸地说“真羡慕你，好好干，小伙子有前途”之类的空话，然后接着去钩心斗角。

我最后跟Q经理喝酒的时候，几乎快醉了，我只是不停地说“谢谢”。她开出的条件真的很优厚，但是我知道，留在这里，就只能得到一个温水煮青蛙的结果，你待在一个地方久了，就舍不得走了。你总会觉得努力这么久，说放弃就要一切都重来，挺不值的。

人生总有很多舍不得，不过只有“舍”，才有机会“得”。

不管是我妈说我是“吃了秤砣铁了心的乌龟”也好，还是我老爸形容我是“一盘四季豆油盐不进”也罢，我就这么跟着魔了似的一定要去学习厨艺。他们最后也就妥协了。

我爸妈想出了“啊呀，至少饿不着”“至少饿不死”“还算是门手艺”“这是最后一笔钱，以后我们就不管你了哦”之类的话来自我安慰。

最终，我还是在大学毕业的那一年，辞去了工作，背上了行囊，去法国追求自己的大厨梦。

未来在哪里，我看不到，也没有人可以告诉我。可隐隐约约，我似乎开始能触摸到自己内心已然刻下的方向。沿着那种感觉走下去，应该就不会迷路了吧？

最后的晚餐

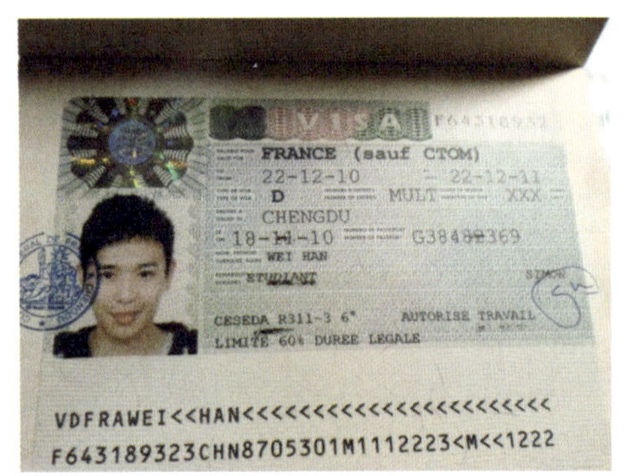

接下来的时间，我开始准备我的所有资料，踏上去往法国的旅途。其间的波折非常多，证件办理的程序也非常烦琐，加之我完全不知道那边是个什么情况，一切都变得复杂起来。

在一切都稀里糊涂的状态下，我就这么搭上飞机，拖着箱子去了法国。一如之前刚去上大学时一样，到一个完全陌生的城市，那种新鲜感足以让我欣喜若狂。

上大学对我来说意味着解放，而留学对我来说可能就意味着独立。不过，直到我登上飞机的那一刻，我都不敢肯定自己学厨这条路是否选对了，是真的能如愿以偿成为大厨？或者只是度过一晚短暂的灰姑娘的舞会？我不知道，但是我至少想清楚了自己可能承担的后果。

从另一方面来讲，我觉得这是一个成熟的不冲动的想法。

在经历了本科的学习之后，我的语言基本过关，而且我不再是小孩子，在实习的时候我学会了跟法国人打交道，这其实都是我为了此次留学所做的准备。

就我自己的资质而言，我不能很盲目地觉得我高中就应该出国追求自己的美食梦想，那种特别不成熟的我，其实是没办法应付国外所发生的一切的。所以，读大学真的是有好处的，对你想要成就的任何事情都是有帮助的。

我知道，这是一个浮躁的时代，大家都追求快速成名，一夜蹿红，就像方便面一样，10 分钟就可以充饥。但是，最好吃的餐点，往往都是慢慢做出来的。

时间可以堆积出美味，当然也可以堆积出梦想。

我跟爸妈袒露了我心中的这些想法，他们或许是束手无策只好答应，或许是从内心深处认可了我。当我拿着薄薄的欧元（大概 20 张，一张 500 元面额）放在包里时，我感觉我把我的身家性命都放在了包里。第二天就要走了，我打包好了行李，满满一大箱。我爸提了一个要求："最后一顿饭，你来做给我们吃吧。"

我深知这餐马虎不得，但是做的时候难免分神。临别的晚餐，我做了四菜一汤，热热闹闹地忙了一个下午。虽然都是特别家常的菜，但难度对

于我来说依然不小：水煮鱼、农家小炒肉、宫保鸡丁、爆炒腰花，还有一个竹笋鸡汤。

我记得他们为了迎接我的离别秀，还偷偷准备了一套新的餐具。我不太记得那顿饭的味道是否真的有多么惊艳，只记得我爸一直在念叨着哪些地方要改进，出国了要注意些什么；我妈却一直在哭，一改往日的活泼动感，估计她觉得汤里的盐放少了，要补些进去吧。

我挺不习惯的，吃饭的时候也显得没什么胃口。我记得那晚的餐桌亮着熟悉的鹅黄色光芒，也记得爸妈在热气缭绕下模糊的脸。

那幅画面，或许将永永远远地印刻在我的脑海中。

我跟爸妈的感情挺怪的，因为他们是老师的缘故，我特别讨厌他们。每当我放假的时候，他们永远都在同步放假。我妈从小拿毛线针守着我练琴，我爸从小学就让我单独出去住。看上去我们家的关系并没有那么亲昵，可意外的是，我们彼此之间的感情是异常深厚的，当然啦，我们都习惯了不提起这件事，都习惯了就这么不咸不淡地过着。

我们一家人总是插科打诨地相处着，互相“诋毁”，他们互相说自己的儿子多么差劲儿……你瞧，我的爸妈多么极品啊。例如现在我妈还会去偷看我的 QQ 空间，看到下面有人留言说某某角度像她的男神黄晓明的时候，我妈会留言说：你要是像黄晓明，老娘睡觉都笑得醒。我也不甘示弱去她的照片下面留言：一点儿都看不出来你 45 岁了……

这种互相的“诋毁”，我想，只有真正的亲密无间，才可能发生。我

们一家三口有独特的表达亲密的方式，我们看似闹个没完却踏踏实实地相亲相爱着。

离开亲爱的祖国的那天，我妈没去送机，是我爸送我到安检口的。要过安检了，我犹豫了一下转过身来，想再郑重地同他道别，这个时候我才发觉自己哭了。我觉得他应该没有看见。后来，拿着证件过海关的时候，我接到了我爸的短信："好好照顾自己，再见。"

他就是这么奇怪的一个人，即便是看似如此漫长的分别，道别之时，

也没有办法当面亲口说出来，而是选择这样的方式。

一路往飞机上走，眼泪就一路往下掉个不停，以至于找到自己的位置坐下后，都还红着眼眶。其实我也不知道自己在哭什么，可能是机场的肯德基没有辣椒包，真难吃。

再见，四川。

燃面里面的红油，有很多种做法。简简单单的红油，要如何才够有诚意，如何才真心好吃，其实是有玄机的。但是我很难讲我介绍的做法是川菜里面最正宗的，不然又要有人跳出来说三道四。不管你们认为应该怎么做，我这个做法也是爸爸的爸爸的爸爸传下来的，也算是个老字号秘方了。无偿教给你们，希望你们都娶到（嫁给）最爱的人。

红油教程

红油教程

食材：

菜籽油 200g
洋葱一个
葱节 200g
小葱头 100g
姜片 100g
芹菜秆儿 100g
辣椒面儿 200g
冰糖一颗
蒜瓣儿适量

做法：

1. 先将油加热，放入洋葱、葱节、小葱头、芹菜秆儿、姜片、蒜瓣儿熬葱油，熬到所有食材都变成金黄色，略微焦黄的时候捞出来。

2. 准备辣椒面儿，然后将热油缓缓淋入辣椒面儿（当然要注意安全，因为油温非常高），倒的时候速度一定要慢，然后用木质筷子慢慢搅拌，让所有辣椒面儿都均匀接触热油，散发香气。

3. 静置 15 分钟后放入一小颗冰糖，这样不仅让辣椒更香，食用时还不容易出现辣喉咙的口感。

4. 放置阴凉处可保存一个月以上。

蒜泥白肉

本人喜欢把带皮五花肉煮到筷子可以插进去，再加盖用热水焖到凉。这样的肉煮出来不老而且很润口，再拌入红油和蒜泥、生抽、糖、香油等底味，简直美味无穷。

食材：

五花肉　香油　醋
葱白　生抽　鸡精
姜　白糖　小葱
米酒　盐
蒜　辣椒红油

做法：

1. 葱切段，姜切片。将五花肉浸入清水中，水要没过肉，加入葱、姜和米酒两大勺，大火烧开，关火焖煮30分钟左右。
2. 蒜用压蒜钳压成泥，与两大勺香油、两大勺生抽、一小勺白糖、少量盐、两大勺辣椒红油、一小勺醋、适量鸡精混合为味汁儿。
3. 小葱切段。
4. 煮熟五花肉，可以用尖点儿的筷子扎一下，能扎透就好了。
5. 将五花肉放冷后再切片，可以切得薄些。
6. 将切好的五花肉片过几秒钟开水后捞出，码放在盘中，淋上味汁儿，撒上小葱即可。

小贴士：

1. 五花肉放凉后更好切一些，切得越薄口感越好。
2. 冬天最好将肉片过下一开水，肉的口感会更滑嫩些。
3. 煮剩的汤可以用来打汤或做高汤也不错，真是爽呀！

蒜泥白肉

巴黎我的爱

每逢谈论起巴黎，我总是会想到电视上播放着轻快的音乐，每个男子女子都踮着脚尖游览的城市。印象中这座城市如此洋气，可到达巴黎的那一刻，我却只感受到无尽的荒凉和寒冷。

记得那年，欧洲大雪纷飞，整个戴高乐机场只有俄罗斯航空上演原地起飞的戏码，着实让人觉得“战斗民族”果然威猛。但是不久之后，俄航空难事故频发，让我庆幸当时没有为省钱选择俄航。当然这些都是后话。

当我一个人拖着一个重达 40 公斤的巨型行李箱出现在戴高乐机场的时候，内心满是不安和疲惫。近视眼镜在飞机上弄丢了，我暗自想：这下子彻底完蛋了，连硕大的指示牌都看不清楚。我像是一个失明的人，一手拎着一个行李包，肩负着那个巨大的行李箱，小心翼翼地、慢慢地向地铁方向移动。

这个时候，神勇无敌的海关出现了，他们看我的样子莫非像传说中的偷渡客？！“护照，谢谢。”一个胖胖的金发边检叫住了我，“请你打开你的行李箱。”我当时满脑门儿黑线，因为这个箱子简直是费了九牛二虎之力才盖上的，现在打开怎么盖得上！我已经不想再表演人体关箱器的独门绝技了。于是，我开始跟那个大妈套近乎，求她能不能高抬贵手放我一马。清晨六点怨气不要太重，您放我一马我祝您一天都开心。

“谢谢你的配合！”哪知大妈兢兢业业，我不禁想起了曾经要没收我寝室烧水器的大妈那不依不饶软硬不吃的神色。

没办法，我翻箱倒柜摸出钥匙，然后只听见“咔嗒”一声，箱子如同阿拉丁神灯一样爆炸开来。大妈毕竟见过大场面，但是也不禁微皱眉头，心里怕是在念叨这中国人会些什么奇怪的妖术，估计下次要逃票时，也能把自己给装进箱子托运吧。

“现金？香烟？”大妈开始翻箱倒柜，我辛辛苦苦折叠的衣服转瞬之间就已经被弄得面目全非。这时她手疾眼快发现箱子底部有一包油纸包裹的物体，掩藏在厚重的衣服下面。她冲我邪魅一笑，类似陈乔恩版东方不败在大结局中那般鬼魅：“这是什么？”我心里一惊，暗叫不好。“那是特产，家里自己制作的。”

如果你体验过千辛万苦从四川背过去的腊肉，眼看着就要被关卡拦下，那么你一定跟我一样，恨不得就这么拿着那一包腊肉飞奔离开。那么坚决，

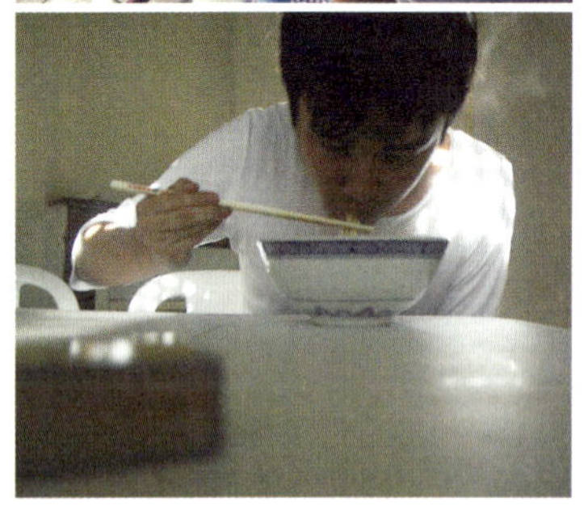

坚决得连护照箱子都可以不要。这才是吃货的本性。

大妈很是好奇地撕开包装纸，嗅了嗅：“你为什么带这么多块培根？”

“喂！不是培根！”我觉得腊肉还是有点儿节操的，如果你非要说腊肉是培根它一定会生气的。我只好解释，但是大妈毫不留情，一把就给它贴上了封条。我的腊肉！我的腊肉！我估计这会是我过得最难过的一个圣诞节，因为被抢走了心爱的腊肉！再次声明它不是培根！

盖上行李箱的动静大得几乎让全机场的人以为即将开始一场行为艺术秀。我很狼狈地坐上地铁，看着窗外的小雨，灰黑色的墙面上都是斑驳的涂鸦，昏昏欲睡的鸽子群偶尔发出咕咕声与地铁的哐当声和鸣，一车昏黄的灯光就那样洒下来，我心中一直回响着几个字：我要回中国！

在地铁和公交车之间往返数次，天知道我是怎么拿着这么多东西横穿整个巴黎

的。此时天色已经蒙蒙亮了，我踩着雪走进租住屋所在的小区。这个小区是位于十三区中国城的新小区，长相跟国内随处可见的5年前的小区类似。

我分租了一个房间，刚一进门，整个感觉到人生再次被泼下更大的一盆冷水：无良的房东为了能租更多的人，把一套约60平方米的房间分隔成了大小3个房间，共享厨房卫生间。算上我，一共住了6个人，其中有一

个时装设计师把人偶放在本就狭窄的过道上，另外那对情侣把他们的宝贝孩子——仓鼠放在防盗门后面，再配上那忽明忽暗的灯光，我俨然走进了一个福尔摩斯密室暗杀现场。

忍耐着一切不愉快，我走进了那个属于我的小房间。房间是一个不足10平方米的小转角，好歹有个大窗户，大概有我两个人这么大，风呼呼地往里灌。这个破地方的房租竟然要550欧元，这个价钱可以在成都租个两层或者三层的别墅了。留学生的苦与泪就这么默默和着血往下吞吧。

幸好我是乐观的人，我认为每一阶段都会有些属于你的境遇，它不管是好是坏，只要经历过，总归是财富。从这一刻开始，我深呼吸了一口窗外呼啸的冷风，属于我的巴黎生活正式开始了。

时差惊喜

来到巴黎是圣诞节的第二天，令我感到意外的是，这里的圣诞节氛围甚至比不上国内大商场来得浓郁。看不见铺天盖地的圣诞老人和麋鹿装饰，也看不到窗台上花花绿绿的贴纸喷绘，连街道上也没有烟花爆竹的碎屑。

我反复翻看日历，确认今天的日期。圣诞节在巴黎就像是一个被遗忘了的节日，后来听说当晚埃菲尔铁塔有烟火表演，但是由于经济不好只有短短十几分钟。我并不关心节日，因为异乡人现在最重要的事情是填饱肚子。

可是悲剧性的一幕发生了！当我闲庭信步地走到楼下超市，准备做第一顿饭，开启法国煮夫生涯的时候，都已经中午十一点了，所有商店通通都紧锁着大门。我凑近一看：星期天关门！换一家：星期天关门！当我走完一整条街，竟没有一家商店是开门的，连个路边摊儿都没有！

此时五脏庙已经开始咕咕作响了，“饥寒交迫”4个大字仿佛特效般在我身后闪着光飘荡着。我只好回到家，去跟素未谋面的室友借冰箱里的食物先当个还魂丹，可是星期天的早晨没有一个人愿意早起。打开行李箱，忍受着饥饿和寒冷开始资本主义劳工生活的一天，结果天无绝人之路，我在厚重的大衣里面，发现一包硬硬的油纸手感的物体！

培根！！！哦不对，腊肉！！！感谢老妈！！！

我冲进厨房拿出电饭煲，开始了巴黎的第一顿brunch（早午餐）——电饭锅辣味煲仔饭。

简易煲仔饭

来碗煲仔饭吧，我记得告诉过你要在煲底部抹薄薄的一层油，米和水的比例为 1 ∶ 1.5。大概 10 分钟不到，饭开始收干的时候把切好的腊肠放进去，盖上盖，换最小火，再煮 3 ~ 4 分钟。关键时刻来了。关掉火，让煲仔饭焗 15 分钟。不要再打开盖来看——这是煲仔饭好吃与否的关键。有时候，一心急反而幸福就没了。

食材：

大米 100g
水 150g
猪油 5g
腊肉或腊肠适量
豉油皇（生抽）5g
小青菜两棵

做法：

1. 将煲仔锅底涂上猪油，然后放入洗净的大米，放入 1.5 倍量的水。
2. 盖盖子开大火焗煲 10 分钟。
3. 看到米饭收干的时候，放入腊肠或腊肉等配料，盖上盖子。
4. 换最小火，煮 3 ~ 4 分钟，然后关火焗 15 分钟。
5. 开锅以后拌入豉油皇。

简易煲仔饭

附送教程：无电饭锅米饭

教程：

1. 首先，你需要准备米和锅。由于没得选，所以在超市随便找了一包泰国米。我是多么怀念东北的珍珠米啊！

2. 米洗好以后加水，比例按照我的口感，是水超过米一个手指节即可。如果骨骼精奇，可以略为减少。大火 15 分钟，计时开始。

3. 从 10 分钟开始，整个锅已经开始沸腾。不要害怕这个时候满溢的米汤，我也 HOLD（控制）不住，等会儿清洗下即可。米粒此时在沸腾。

4. 大火焖 15 分钟以后，整锅米饭略为成形，开始出现小小的蜂窝状。这说明，你离成功已经不远了。

5. 再度定时 10 分钟。小火，记得是小火烹制。你会发现饭粒已经成形，蜂窝状越发明显。关键时刻来了，如果想吃到口感软硬适中的米饭，7 分钟的时候关火，加盖焖 3 分钟。

6. 此时，在你面前的已经是粒粒分明、冒着浓浓饭香的大米饭了。如果达到这一步，祝贺你已经变身为人体电饭锅。原来生活可以更美味。

7. 盛至米饭的底部，你会发现米饭是没有锅巴的。如果你做到了这一步，你又向智能型电饭锅迈进了伟大的一步。

8. 选用冷色调的餐具可以降低食欲。如果不想真正连身材也变成电饭锅，赶紧换掉暖色餐具。进麦当劳、肯德基的时候，也要注意大面积暖色调促进食欲的大陷阱。

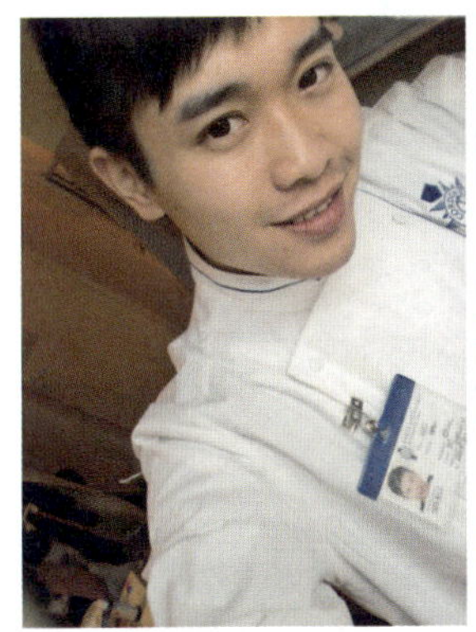

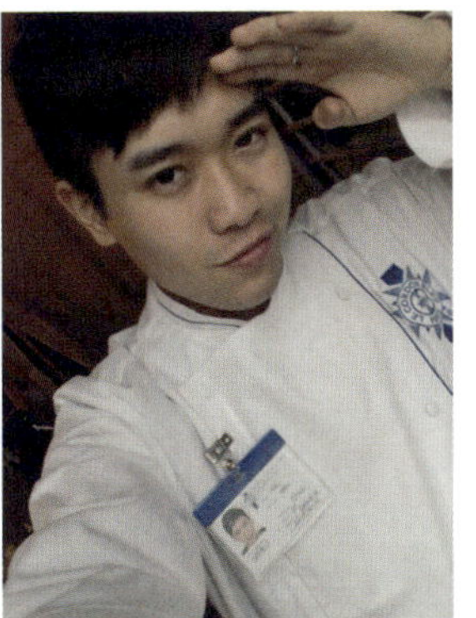

蓝带厨艺学校

蓝带，每次提到这两个字，都仿佛是我生命中无法抹去的两个字。

它对我意味着什么？可能意味着一个全新的灵魂裁剪，也可能意味着一个与过去脱胎换骨的起点。我从这里将美食变成了爱，将爱分享给每一个喜欢美食的朋友。

无论是影视剧中极力吹捧奉若神明般的偶像剧学院，抑或是现实中口口相传的魔鬼训练营，我总归是来过了一遭。很多人觉得我很幸运，可以冲破家人的牢笼、不计昂贵的学费来读蓝带，其实我只能说，每个人看到的，都不一定是事情的本质。

我们可能总是习惯于把最好的一面展现在大家眼前，而把最困窘不堪的一面永远地藏起来。这个道理其实非常简单，就像双排扣设计的厨师服

MAIRIE DU XVᴱ ARRᵀ

一样，弄脏了一侧时，可以把另外一侧交换纽扣移到外面。每个人都穿着整齐的厨师服，但是他的身上手上都藏着满满的油污。

但是美食不一样，它是表里如一的美，它不需要隐藏什么就可以很自然地展露它的俏皮可爱，这是其他物品想也不敢想的，它们撕开那些华丽的包装就会羞愧不安。

第一次来到蓝带，我也有过些许挣扎。理想中无比高端大气上档次的学校并没有耶鲁那种宽阔的草坪，没有巨大的维纳斯雕塑，没有镀金的大堂和门厅，没有熙熙攘攘的人群。它藏在法国的一个居民楼里面，周围都是低低矮矮的住宅，像极了上海任意一条街上的老公房。它的面积大约是我大学食堂的四分之一，若不是那根高耸的烟囱和硕大的LOGO（商标），我简直觉得我是来错了地方。

这真的就是我历经万难梦寐以求抵达的港湾吗？

从踏进学校大门开始，我就在打量来自于五湖四海的新同学们。我很难用“同学”这个身份来称呼他们，在我一贯的概念里，对于“同学”的定义，抛开样貌的燕瘦环肥，至少在年龄上得相仿才行。可我的同学：60岁的朝鲜爷爷、50岁保养良好的韩国大妈、中年双胞胎美国兄弟、文身大哥、干练律师姐姐、中国台湾青年双胞胎兄弟、阿拉伯头巾大妈、印度王子……这简直是来到了奥斯卡颁奖典礼嘛。

他们每个人都很热情地跟我打招呼，然后问：“你满18岁了吗？你是泰国人吗？萨瓦迪卡（泰语“你好”的意思）！”

我们班总共 55 个人，算上我，一共才有 4 个中国人，但是他们一个像韩国人一个像日本人，还有一个大妈。后来我们有了四人智斗韩国大叔的故事，会在后面一一叙述。

被问到是不是泰国人的时候，我的脸都笑僵了，法语英语连番上阵地不停解释着“我不是泰国人，我是中国人”。

当时我的脑子其实是一片空白的，因为我根本不知道该怎么融入这个团队，一想到这个，我的内心就感到无比恐惧。

我是一个嘻嘻哈哈的人，但是面对未知总是战战兢兢，我只好礼貌地对每一个人微笑，但是我心里却极度缺乏安全感和自信。那个时候，我根本没想到如何让人接纳我，只要不被记得，就是好事。

到学校的当天，我领到了校服和刀具，沉甸甸的20把。当时真是好兴奋，因为第一次看到这么完整的一套刀具，但是从上学第三天开始，我就开始叫苦不迭。每天都得提着如此沉重的刀具起早贪黑，我尝试过放在学校，可每个人都告诉我说你最好带走，因为储物柜只有一个小小的锁头，不安全。如果遗失了这套刀具，还得花两万块人民币去买……于是，我这种守财奴，开始像一只欢快的小鸟，蹦蹦跳跳提着装备去上课，而且就这么提了一年……后来恨不得把它们都扔了……

红菜头金枪鱼沙拉

食材：

红菜头一个	柠檬汁 10g
番茄丁 50g	配制蛋黄酱 25g
洋葱丁 20g	（美乃滋与千岛酱 1：1）
香芹叶碎末 10g	油浸金枪鱼一盒
香草适量	盐、胡椒面儿、白糖各适量

做法：

1. 将番茄丁、洋葱丁、香芹叶碎末混合，拌入柠檬汁，加适量蛋黄酱、盐、胡椒面儿、白糖，调成酱汁。

2. 静置 10 分钟之后，放入金枪鱼粒搅拌。

3. 红菜头带皮水煮 30 分钟，然后切薄片，用方形模具裁剪成统一大小。

4. 堆砌所有食材，最后加入香草装饰。周围淋上酱汁。

红菜头金枪鱼沙拉

魔鬼厨艺训练开始

第一天上学，我完全是怀着“小当家”学艺的心情去的，心里暗自幻想着，特效荧光字幕在我身后飘荡，能量格在持续飞奔上涨，哈哈，那种感觉真的是太美好了！

我欲抑先扬的口气是否在前面出现得太多，所以，你们一定会猜到，我又要抱怨了。是的，亲爱的你猜得没错，我没想到开学的第一堂课就从刀工的考验开始。

大厨的寒暄仅仅 20 分钟，随即就让我们开始煮法国田园蔬菜汤。说实话，若真要论这个菜的美味程度，刚刚走出四川的乡下孩子真心不懂啊！它好吃在哪儿呢？里面有数不尽的各种蔬菜丝：胡萝卜、白萝卜、芹菜、洋葱。这难道不是 7 日瘦身汤？

法国佬对于厨艺的要求极其严苛，他们对于切丝这个技艺有着极其变态的要求：每一根蔬菜丝的长短和粗细都要一样。我一开始觉得，只不过是切丝嘛，随随便便切切就好了，没想到竟然有这么龟毛的要求。

这个时候呢，我们的老师就拿着创可贴在教室里面晃悠。嘴里嘟囔着：“不要太快，要小心。”果然他们是见多识广的，第一节课结束后，10 个人里面有 3 个人挂彩见红。不得不说蓝带发的刀真是特别厉害特别锋利，一刀下去不带疼的，你只感觉到指尖默默一阵酥麻，然后血喷射出来，剧痛！（当然如此深刻的描写来自亲身经历，但是绝不是在第一天，想想当时还有点儿小得意。）

正当我很得意的时候，老师走了过来，伸手抓了一把我切的丝。我是一个极其爱耍小聪明的人，切的时候总会把好看的堆在面上，而那些切得不那么匀称的则被我藏在下面。还在沾沾自喜的时候，他一个海底捞月，把手直接伸向盆子的最底部，然后摊在手心上一根根检查。我当时瞬间翻了白眼一千遍。

他很狡黠地笑着，拿出一些长短不一的蔬菜条："这是什么？"然后以迅雷不及掩耳之势直接给我倒掉了！眼泪掉下来了好吗？！辛辛苦苦切了半个多小时好吗？！他开始重新宣布规矩："想偷懒的同学就跟 HAN 一样，全部重来。不用担心，蓝带最多的就是蔬菜和时间。"

这一招的折磨，成为之后《顶级厨师》海选切洋葱环节的铺垫。其实任何事情都是有前因后果的，之后再说。

犹记得第一天上完课，我欣喜若狂地打包煮好的田园蔬菜汤回到家里给室友品尝。可是哪知自己住得太远，拿回去的蔬菜汤里的蔬菜被泡得软烂不堪，里面的芝士也因为时间太长变得有了怪味。姗姗姐（室友）为了不打击我的积极性，还吃了好多，一直夸好吃。当时我眼泪都要流下来了，价值 1000 多元人民币的第一节课，就这么过去了。

鲜蔬菜田园烤鸡

食材：

整鸡一只
洋葱一个
胡萝卜一根
芹菜
大蒜
香叶
生姜
盐
胡椒面儿
黄油
葱
料酒
豌豆
培根
百里香

做法：

1. 先处理鸡，清理干净内脏，去掉翅膀和爪子，然后肚子里抹上盐、胡椒面儿、料酒，去腥腌制。

2. 鸡胸里面抹上一些黄油，肚子里塞上香叶、百里香、大蒜、姜片，用针缝好鸡肉。

3. 鸡放入油锅里略微煎炸成金黄色。

4. 洋葱、胡萝卜切块，放入烤盘，上面放鸡，190℃烤 60 分钟，中间需要不停翻面（15 分钟翻一次）。

5. 炒香洋葱和培根，放入豌豆加水烧，最后加入烤鸡流出来的汁水混合，出锅摆盘。

鲜蔬菜田园烤鸡

春日虾卷

这是一道新派法餐，所谓新派法餐就是融合法国菜和其他国家料理风情后做出的改良作品，这道菜就是一道法国菜和泰国菜的融合新料理。

食材：

草虾 5 只
罗勒叶 10g
鼠尾草 10g
番茄 100g
泰式甜辣酱 30g
鱼露 5g
虾酱 5g
春卷皮 5 张
迷你沙拉若干
白糖、盐、胡椒面儿、淀粉、蛋白各适量

做法：

1. 将鲜虾加入盐、胡椒面儿、淀粉、蛋白腌制 15 分钟。
2. 准备春卷皮，然后将虾肉用刀背拍散，包裹一片鼠尾草和罗勒叶，卷进春卷。
3. 放入油锅炸至金黄即可。
4. 番茄、泰式甜辣酱、鱼露、虾酱、罗勒秆儿、鼠尾草秆儿放入料理机搅拌均匀，用过滤网滤出，可以根据口味调味，加入白糖和盐制成酱汁。
5. 将酱汁放入草帽盘底部，然后放上虾卷，装饰点儿迷你沙拉即可。

鼠尾草

罗勒

春日虾卷

埃菲尔铁塔的苦与乐

其实跟众多初来乍到没见过大世面的人一样，来到法国一定要去埃菲尔铁塔逛一圈才行。其实我刚到法国的时候有众多困扰，这个时候有必要给大家回顾一篇我写的咆哮文（其实写的时候是马景涛咆哮教再度红火的时候）。

想起一个月前，我对所有人说我要去法国了！！我要去巴黎了！！

你们羡慕吗？！嫉妒吗？！恨吗？！

我恨不得告诉全世界，MSN、QQ、人人、豆瓣上，我都特矫情地宣布了这个消息！！

哈哈！！巴黎啊！！多浪漫啊！！走路脚下都生风！！

我来了！！

在香港机场候机的时候！！我觉得所有人听到我去巴黎，都是羡慕的眼光！！

哇！！在星巴克喝咖啡我还买了一个法国的纪念杯！！一看就高端大气上档次！！

十多小时的飞机！！国际航班啊！！空姐贼热情啊！！果汁牛奶咖啡红酒变着花样给你递上来！！就怕你不喝！！什么素质！！

到了巴黎啊！！好美啊，我来法国了！！恰逢圣诞！！歌舞升平！！一派繁华啊！！你们还在国内挤在假教堂里面过圣诞的时候，哥我来巴黎了！！浪漫之都啊！！

我看着前面那个法国人，多么优雅！！提着行李！！走出机场！！肯定是个贵族！！呸！！他竟然吐痰了！！一口冒着热气的浓痰！！难道这是法国的风俗吗？！要吐掉一身晦气？！我喝太多水，使劲儿咳半天也没有浓痰！！我果然是外国人！！

回到住处，哇！！电梯公寓啊！！20多层啊！！豪华大气，有没有？！奢华典雅有没有？！美丽的绿化，飞舞的白鸽！！电影画面，有没有？！一片法国梧桐叶飘落我身上！！我快美哭了！！啊，巴黎我爱你！！有没有！！

进门之后！！哇！！好宽啊，一个房间跟寝室一样大！！人民币5000块！！还是上下铺！！没有阳台啊！！没有晾衣服的啊！！公用厕所洗澡间啊！！抢钱啊！！

你怎么不去抢银行！！电费还要单独算啊！！10平方米要5000块啊！！

去超市，哇，可乐要10多块啊！！薯片要10多块啊！！抢钱啊！！

我只有在国内装×才会拿的依云！！多么高端奢华的水啊，在超市角落都快堆成山了！！比可乐便宜啊！！

我想打个电话！！哇，去营业厅！！只能买临时卡！！买就买！！充值还要规定时间，你打不完就作废啊！！哥们儿甩着膀子使劲儿打吧！！

坐车上学！不直达！！转车要40分钟！！我要逃票！！我们同学说巴黎查票的一年一次都很难遇上！！我觉得机会来了！！

去银行！！哇，国内的专柜多省事！！这边要一个月！！密码不能自己设！！只有4位！！你们不知道4位数很不安全吗？！

哥上学好累的！！每天早上7点起来！！晚上6点放学！！那天回家看到公交车有个座位！！哇，一个箭步坐好！！后面有好多各式各样的大学生热闹地聊天！！一个中年老头走过来，小伙子，让个座吧！！我大包小包的你怎么不叫周围的人让！！你就看着我提着3个大包，站你旁边！！

看他心安理得的，一句谢谢都没有！！

打折季来了！！哇！所有大牌五折啊！！一雪前耻！！一进去，跟抢一样啊！！这件皮衣好啊！！必须买！！兴高采烈买回家！！室友告诉我是去年的款啊，去年没卖完，今年又继续拿出来卖！！

到了巴黎肯定要去埃菲尔！铁塔啊！装×的象征啊！天气好好啊！！！哥心情也普照了！来巴黎最美的一天啊！拿着相机在塞纳河拍照！塞纳河有没有？ C'est La Vie（梁静茹歌曲名，意为这就是生活）有没有？哥正兴高采烈地拍照，一个艺术家走过来！帅哥，我爱你的东方脸，我想给你画像，你愿意当我的模特吗？哥这么文艺小清新吗？喜欢我的脸！哥一听到这个就不淡定了！转念一想，会不会是骗子？！哥没钱！艺术家说不要钱，我就是喜欢你的脸！哥自小被赞美惯了，觉得在外国有艺术家慧眼识珠是多么美好的一件事！来吧！画！一直聊天啊！！你是哪儿的啊！你一看就气质好韩日，你是韩国欧巴吗？哈哈！哥是中国人！画完了！你要带走吗？！当作美好的回忆？！哇！画的鬼啊！哥是蓝精灵里面的格格巫吗？！你画个埃菲尔铁塔就算了！上面画个避孕套是什么意思？！我下巴上有肉瘤吗？！这个脸东方吗？！我忍住心中的不满，还是准备微笑着收下！突然丫翻脸了！呼啦啦拿个价目表，画像65欧元！！650块人民币！！你丫怎么不去抢！！他说，你是学生，学生价是35欧元，你丫还真是有备而来！我说我是你模特！丫说模特就20欧元吧！丫翻脸比翻书还快！我说我没钱啊！就快当众给弄哭了！！丫突然就变了几个彪形大汉出来！抢啊！还是要揍哥！好汉不吃眼前亏啊！给点儿钱就算了吧！好丑的画！！法国人真好啊，真是实诚啊！照艺术照都不用这么贵！坐车回家！哥把那幅图一直贴在床头，警醒自己！

又下雨了，傲娇的wifi（无线网络）又不能用了！！我好想回家啊！！

其实现在看这样的文章是挺戏谑的一件事情。请各位担待里面充满了各种不雅词汇。虽然法国在大家的印象里是个无比优雅文艺的国家，但是对于每个留学生来讲，巴黎的生活真的没有想象中那么奢华浪漫。那有人会说，为什么你出去看起来这么风光这么洋气，埃菲尔、罗浮宫照个遍？请允许我再度咆哮一次：你出国会跟垃圾桶合影吗？！

刚刚到巴黎的时候，花巨款寄出的明信片（明信片10欧元/张，邮费10欧元/张），一共寄出了20张，结果只有3张顺利抵达。我真是觉得很“开心”，这件事我必须默默念叨一辈子，祭奠我被骗过的钱。

其实吐槽了这么多，在巴黎也还是有很温暖的时候的。记得有个热心的大叔主动给我指路，说不清楚还亲自带过去；某天暴雨，一个打伞送我到家门口的路人；在超市碰到的热情地教我挑选新鲜芝士的大妈……其实巴黎给我的感觉，还挺有人情味的。生活嘛，有时候就是这样，总会有一些开心，有一些不开心。只要你睁开眼还活着，就会感知到一些美好。美好的事物，永远在等着你。

熔岩巧克力蛋糕

食材：

黑巧克力 140g
细砂糖 40g
黄油 110g
鸡蛋 4 个
面粉 60g

做法：

1. 材料如上，选择 66% 以上含量的黑巧克力，黄油适当减少 10g，糖也可以减少，不过总体都是九牛一毛。要想瘦，这个甜点真不适合你。

2. 一定要隔水融化黄油和巧克力，不用切小块，直接往里面甩，两分钟之内就融化。

3. 冷却巧克力到 35℃以下，如果你喜欢吃巧克力的蛋花汤，我也不拦着你哦。

4. 两个鸡蛋和两个单独的蛋黄——我为什么没说 4 个鸡蛋并不是我数学不好。

5. 鸡蛋不用打很发就可以倒入巧克力，但是还是略微打散。

6. 搅拌之后有一种很丝滑的感觉。

7. 筛入面粉，然后搅拌起来，一定要均匀无疙瘩。

8. 这个时候，已经不会如刚刚那么丝滑了，更添一份浓稠感。

9. 用勺放入杯具！如果你不按照我说的只放 7 分满！那么你注定悲剧！

10. 嗯，刚刚的量可以放 7 杯！其实到后面我是用手指刮进去！整个过程我觉得不太是人能承受的呢！

11. 放入烤箱，230℃烤 8~10 分钟，你就可以吃到如此美艳的熔岩巧克力蛋糕，是不是想想都在转圈圈呢？！

12. 真的好骄傲！轻轻往盘子里一放，一个小缺口就让熔岩喷涌而出！真是好羞涩，是忍不住了吗？

熔岩巧克力蛋糕

熔岩巧克力蛋糕

第一个中国年

过完圣诞节，接下来便是第一个中国年。

记忆中，这真的是最寒碜的一个中国年。倒着时差看春节晚会，当天看完春晚还得去上课，因为法国是没有中国年假期的。

回家卸下一身疲惫之后，你会发现家里的留学生们很自发地组织了年夜饭，在狭小的空间里拼出了一张桌子，上面铺满了宣传单和报纸。桌子上摆着一些很简单的菜。这个时候，家里的电话打过来，全家人都轮番跟我说话，告诉我，他们在放礼花，噼里啪啦很是热闹，然后每个人都说很想我，嘱咐我好好保重身体。

其实我是一个特别矫情的人，描写这些真情时刻的时候反而写不出什么辞藻了，但是当时，我的眼泪一瞬间就掉了下来。

还记得妈妈在电话里说："要好好照顾自己，别省吃俭用，家里还有钱。"其实越是这么说我越觉得自己要好好地计划一下，距离回国的日子还显得遥遥无期，所以凡事得有个打算。学厨的道路总归是自己选择的，不管怎么样也要争取做到最好。

我曾经是一个挺随意的人，在大学时期，经常逃掉法语课，总觉得混混就能过去，因此成绩特别不好。但是这一次，我真心觉得，当你到了国外，离开你曾经酣睡的襁褓之后，所有的事情都得自己一力承担，那个时候你才会真正长大。

这个中国年，大家围坐在一起，吃的却是一顿地地道道的法国菜。每个人都醉了，在巴黎灰蒙蒙的雨里，在十三区喧闹的台湾三太子巡演的音乐里，这个中国年悄无声息地过了。

法餐详解

像我这样的小清新，喜欢做点儿华而不实的东西，因为那样显得忧伤。

然后再忧伤地端上几个甜品，对，盘子很大，就是让你们花大价钱也吃不饱。

做法：

1. 首先扇贝、山药、南瓜、覆盆子、糖粉、柠檬皮、芹菜、橄榄油都齐全的情况下，请大家洗干净双手，并且整理好衣着，这是一件很严肃的事情，因为西餐的讲究之处就是在于装。

2. 那么我们先灵巧地打开扇贝。这个东西在中国几块钱一口袋，在这边就是高贵的象征了。因为它的壳，可以变成刮鱼鳞的器具，如果你喜欢并且 SIZE（尺寸）合适，请用来当泳装。

3. 山药和南瓜切块不用教大家了。那么请在覆盆子上面撒上糖粉，因为这种酸酸的水果，我们需要让它甜到哀伤。

LE CORDON BLEU

做法：

4. 煮到什么程度好呢？就是那种刀尖刺痛的麻木痛感，你觉得软了，它便是软了。放入搅拌机，加点儿奶油，这是忧伤的旋转。

5. 我喜欢甜，它让我迫切地证明我是活着的，于是我放了好多好多。

6. 柠檬皮吃了人是要变黑的，虽然量不大，如果你真的是白雪公主，那么吃了以后请你戴上面具出门。然后加芹菜和橄榄油搅拌。出来以后就成了浓浓的酱。如果没有搅拌机，请你用嘴巴嚼，效果还是没什么差异的。

7. 放下锅，热油，听到飞舞的声音，为了测试油温，你可以放下你娇嫩的手指，如果痛，便是可以了。扇贝要两面黄，你煎过豆腐吗，同理可得。

8. 装盘是看个人喜欢，唯一不允许的是所有颜色搅拌在一起。所以。你可以根据你自己的喜欢，把它当画板，画出你对生活的渴望。

9. 放了 5 个，我觉得正常人应该够了。如果真吃不饱，你可以堆个金字塔形的。没人管你好吗？！

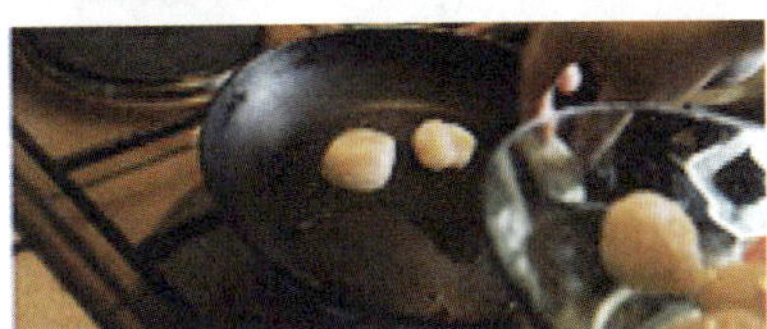

做法：

10. 煮蘑菇汤的食材，需要黄油、洋葱、奶油、蘑菇、盐、黑白胡椒面儿、面粉。就是这些平凡的东西，变出浓浓的感情，这便是爱。

11. 切蘑菇也要矫情地放出图片，只为了让你们知道，切菜也要满含热泪与感情。

12. 切洋葱也是一件装 × 的事情，因为我们要温软地对待它，不要让它哭泣，所以我们不能剁它，它会疼，你的心感觉到了吗？

13. 浓汤之所以浓，是有黄油和面粉帮忙。如果怕胖，请你喝下去无论如何都要催吐。

14. 然后加入蘑菇，它是骄傲的少女，它有吹弹可破的滑嫩肌肤，并且带着少女般湿润的胴体，所以不要加水，它会将忧伤逆流成河，但是我们必须做一个负心汉，将她们狠狠地粉碎。但是你需要留出一点点蘑菇。

15. 你真的看错了，这是花式咖啡。

LE CORDON BLEU

LE CORDON BLEU

LE CORDON BLEU

做法：

16. 下面请准备番茄、蘑菇、面包渣儿、芹菜叶子、橄榄油、羊排、盐、胡椒面儿、芥末、蛋黄酱。烤番茄所需要的是刚刚留下的那些蘑菇。对了，别忘了面包渣儿。如果没有，那么就用不太新鲜的面包烤干捏粉，将它想象为抢你男人（女人）的小三儿，狠狠地粉碎它们。

17. 挖空爱的小番茄。你需要轻轻地轻轻地，用指尖去感触它肌体的柔滑感。你会发现，世界真的很美。

18. 我喜欢卷着切芹菜叶子，因为它太过于淘气。

19. 然后把这些美妙的小粒搅拌在一起，让橄榄油在它们中间润滑。

20. 然后慢慢地慢慢地放入番茄体内，一点点深入，如鱼得水，岂不妙哉。

21. 羊排是需要清理的。如果你不怕臭臭的羊膻味，可以连着所有你想吃的部分一起吃。不过如果你吃健胃消食片成瘾，那么可以选择烤全羊。

22. 撒上盐和胡椒面儿，灵巧地，如天女散花般幽雅。

23. 煎羊排只要表面变得金黄便是好了，因为还要进烤箱，我们总喜欢吃粉红色的内芯，如果这让你觉得难以接受，那么你可以煎到你熟悉的感觉为止。

24. 用刷子刷上芥末或者蛋黄酱，再覆盖上厚厚的面包粉，放进烤箱让它变得金黄。即便如此，它可能依旧是生的，所以如果你还是不习惯，请放入微波炉。

25. 下面是配奶油酱汁的做法了。点火只是为了噱头并非有实际作用。如果怕油烟毁容请你不要下厨，打个外送电话叫个比萨，会让你依然高贵美丽。

26. 最后选两块放入盘中。如果你有海藻般的头发，喜欢穿着麻布衣物，这是吃不饱的，请你进入世外桃源打猎，一整只羊才足够忧伤。

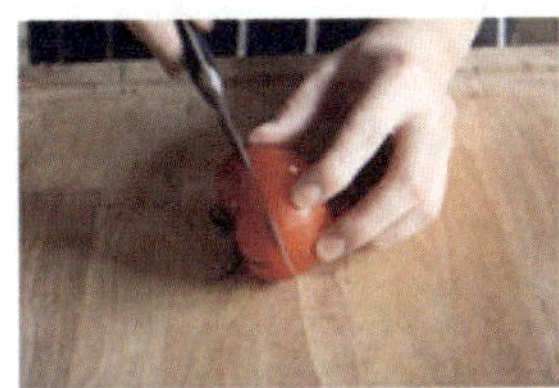

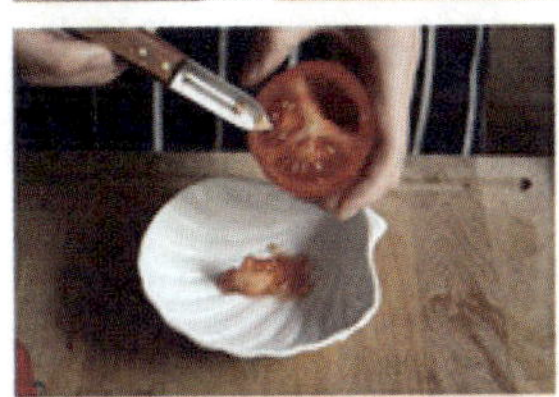

LE CORDON BLEU

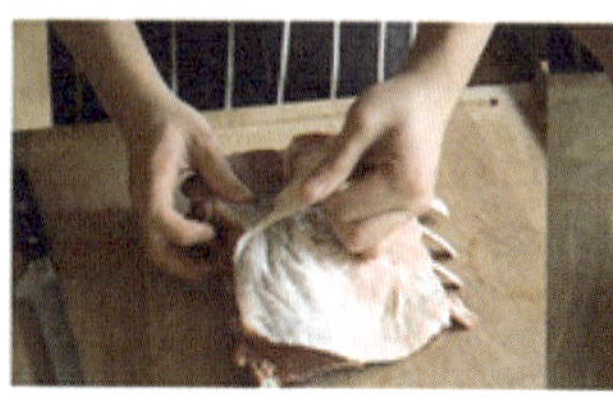
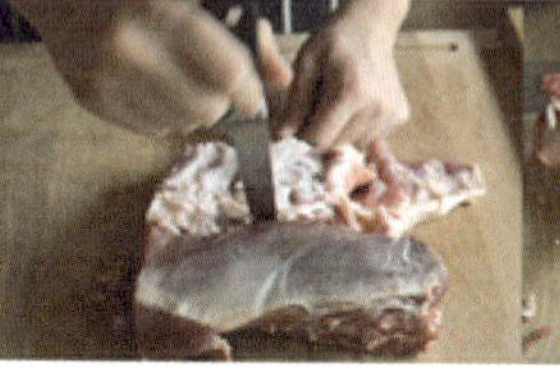
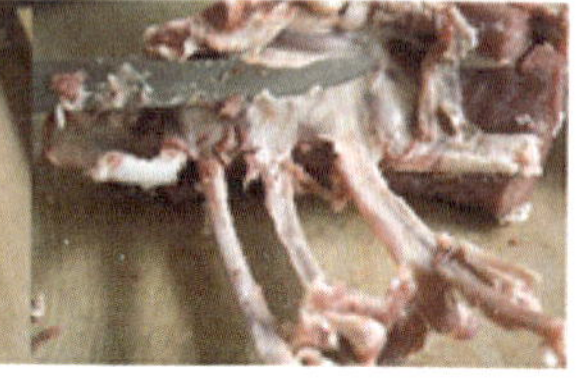

LE CORDON BLEU

LE CORDON BLEU

做法：

27. 这是点石成金的教程。想卖高价货，也只需要便宜的食材。

28. 覆盆子酱已经冷却，甜到哀伤。其他的果酱也可以做，不过，保质期不会太久。因为，爱，它也会变质。

29. 我喜欢蝴蝶，它会飞。于是，放上芝士丝点缀，让它变得金黄而美丽。

30. 金黄色的脆壳在吃的时候甚至是可以拉丝儿的。放上糖粉和覆盆子，它便开始展翅了。如果依然吃不饱，那么你可以选一个大号的模具，PIZZA（比萨）的最好，因为上面还可以盛放你打猎来的羊头。

31. 这是薯片山药，它所讲究的是口感的复杂融合，下面带着盐焗薯片的脆香，中间是奶油浓浓的山药软糯，最上面是酸酸甜甜的覆盆子酱的点缀。如同好闻的香水有前调、中调、后调，沁人心脾爽口爽心。对，这依旧是吃不饱的，所以你可以做 3 筒。

32. 这是最后一个点石成金之术，会把山药甚至幻化为巧克力慕斯蛋糕的神韵。你可以选择其他类似的栅栏装饰，目的就是要幻化得更加高贵典雅动人。成品出来的时候，是很美的。但是如果依旧难以果腹，我们可以做正常大小的生日蛋糕。

33. 生活就是需要一些精致，来让人忘却世俗的烦忧，你说对吗？

glace
OFFERT!
325g
LE CORDON BLEU

LE CORDON BLEU

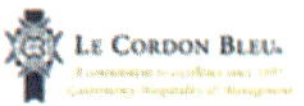
LE CORDON BLEU

LE CORDON BLEU

LE CORDON BLEU

LE CORDON BLEU

LE CORDON BLEU

遇到PANO先生的倒霉史

最倒霉的事情，应该是认识了美少年作家PANO（帕诺）先生（这其实是我恭维他的称谓）。

为什么我和PANO之间的友谊会显得弥足珍贵呢，因为我们都见过彼此最落魄的时候，因为我们穷到可以分享一个面包，却还在努力为对方加油打气。这种历经患难的友情，大概是比亲情更浓厚更特别的吧。

遥想刚来法国的第一个月，我还在写那篇知名的咆哮文，这大概是很多朋友对我最初的模糊认识。我一直安慰自己，都怪本命年的到来，才让倒霉之于我仿佛是驾轻就熟并且熟能生巧似的。

还能清楚地记得，当时我使用的法国网络叫作“晴天娃娃”，那是一款免费的无线网，也正因为是免费，网络自然是相当不稳定的，只要上

QQ 保持 10 分钟不掉线，偶尔能发发照片，我就已经心存感激了。可与此同时，我也认识了 PANO，倒霉的事再一次接踵而至。

来说说认识他后的第一件倒霉事。

PANO 先生知道我所使用的免费网络后，便说他要去申请一个盒子——类似于机顶盒的 BOX（盒子），申请了之后，不仅可以免费打电话回国内，免费看电视，上网还特别快。这样一听是不是很划算？

当我走进法国“布衣格”电信公司的时候，只觉得是人生中第一次的猪油蒙心：亲切的导购，蓝色的标志让我觉得这是天堂一般的服务，接着我签订了一年的卖身契，拿到了我法国生活中极为重要的 iPhone（苹果手机），以及另外的两个盒子。那种盒子就类似于中国的路由器之类的，是可以接通电视、电话、网络的三合一高科技产品。外观是我最爱的白色，于是我兴高采烈地拿回家。正准备使用的时候，第一个魔障出现了：它根本不能用！

机器上所有的灯都不亮，于是，我开始跟房东商量对策。

房东说，整个房间只有一根电话线，但是邻居房客已经使用了，所以，如果你要使用，就要去法国电信局开通另外一根电话线。

于是我就带着兴高采烈的心情去了电信局，不过这无异于晴天霹雳，那种感觉就好比你已经怀孕 3 个月，可 B 超显示这个孩子根本不能存活。

开线费 120 欧元，就是 1200 元人民币，这无异于抢劫。不就是一根线吗？在中国，充其量也就几十块钱。

于是我带着我的盒子去了“布衣格”电信公司，告诉他们，这个机器我无法使用，开线费过于昂贵，我准备换其他公司。

导购小姐亲切地告诉我：“我们公司可以给你报销开线费的，我们可以报销 90 欧元，所以你只需要付 30 欧元就可以使用你的盒子了。”

天使般的温暖有没有？！于是我为了顺利使用我的盒子，又签约了一个更为昂贵的套餐，就为了尽快使用手机和盒子。

“布衣格”公司开始跟法国电信局约时间上门安装电话线。幸福跟灾难一样，来得措手不及。我一看日期，当即都快休克了。预约已经到了一个月以后！可导购员已经拿走了我的信用卡并把账号输入了电脑，已经毫无退路了。我开始了第一次妥协。在那整整一个月的时间里，我苦苦地等着法国电信工作人员上门。

话说，屋漏偏逢连阴雨。在等法国电信工作人员上门期间，我的iPhone华丽丽地被抢劫了。对，不是偷，是抢。这是认识PANO先生之后的第二件倒霉事。

两个人，一个人绑住我的双手，另一个人开始掏裤袋，拿到他们要的东西之后便一路狂奔。我被抢劫的地点是法国的市政厅，类似巴黎市中心。

我在路上大呼抢劫、救命、帮忙之类的，结果得到的回应只是路人跟踩了狗屎一样往两旁躲闪。

我真心绝望了。

遇到这种事情，警察局无疑是最好的选择。当我一身狼狈出现在警察局的时候，警察问我发生了什么事，我说我的手机被抢了。他眼睛一抬："又一个？"于是他指了指墙角那个大约 5 米长的队伍，让我过去排队。

后来有个热情的警察大妈告诉我，明天再来吧，这些都是被抢了手机的人。我第一次感受到了资本主义社会的无奈。第二天再次造访警察局，得到的答复只是一纸报案单，上面白纸黑字写着我是日本人。

其实这只是梦魇的开始。

被抢手机的时候是星期六的傍晚，星期天想去补卡的时候，我彻底绝望了，所有的商店都是关门的。

那天我所有的约会、待办事项因为没有手机的缘故通通取消。而且我突然想到，被抢走的手机里面的套餐是与信用卡绑定的，他们可以用它无限制地打电话，而埋单的人是我。于是我开始不停地给自己的手机打电话。

后来觉得这也不是办法，便打通了“布衣格”的人工服务电话，可是星期天连人工也是休息的，回应我的只有冰冷的电话录音。电话录音让我输入密码，告诉我密码在第一个月的账单上。可是，天，他们并没有在星期天给我邮寄第一个月的账单，所以我并不知道密码。

悲剧的是，星期一我走进“布衣格”那个美丽的店铺的时候，接到了一张“病危通知书”。那两个家伙竟然用我的手机打了159欧元的国际长途！

原谅我情绪依然不够平静，即便我努力带着淡定从容的心情以旁观者的心态诉说这段遭遇，却终究难免激动。

这个时候，我把救命稻草——警察局的报案单拿了出来。可店员却答复道，没有证据证明是被盗用的，所以我只有付钱。我提议，写信去公司呢？

没用。警察局的报案单呢？废纸一张。那怎么办？认栽。

最后一句话从他嘴里讲出来的时候，我觉得真是讽刺。C'est La Vie，梁静茹的金曲，真适合在此刻播放。

“先换卡吧。”他告诉我，“把新卡放入手机后，大概半小时就可以使用。”我就眼巴巴地把卡插进了一个蓝屏诺基亚手机，然后苦苦守着电话。

半小时过去了，无数小时过去了，还是不能使用。无奈之下，我又去到他们的店铺，营业员告诉我，最多 6 小时就可以用了，让我再试试。

我灰溜溜地回到家，心想，开一整夜总可以用了吧？

第二天醒来，手机依然搜索不到网络。我又一次来到他们公司，营业员帮我与公司取得联系，公司的人说，最多可能要 48 小时。于是，我又等了一天，结果还是不能使用。

他们也觉得，都两天了，还是不能使用，应该要核实一下比较好，结果是那个白痴的店员输错了 SIM 卡的串号。当时真的想差评他们一万次！包邮找几个杀手去解决掉他们。

我含泪地认为这就是生活，拿着 159 欧元的账单，默默吃了一星期的白菜。

盼星星盼月亮终于等来了法国电信工作人员，原以为这是爱情的开始，没想到却是情杀的序幕。第一天跟法国电信工作人员约的时间是下午 3 点半，苦等到快 6 点，电话终于来了，大意是他们已经下班了，要另约时间。我没办法，只好被迫答应他换到 3 天后。为此我还得特意早起。

原本约定的是早上9点，可他8点半就来了，跟打了鸡血似的。那个员工兴高采烈地帮我安装完电话线，亲切地告诉我可以使用了，只要两天，两天就好了。于是我也兴高采烈地签字了，想到终于媳妇熬成婆了。

我把线连接完毕后，苦等机器出现网络连通的提示。此时 PANO 告诉我，快了快了，只要等上面的 ADSL（非对称数字用户线路）的灯变绿了就可以用了，一般就两天，巴黎再大爷也不会超过3天。

没想到网还没连上，却先被隔壁的邻居找上门来。他们家所有的电话、电视、宽带都不能使用了。经过下午的核查，是由于早上的法国电信工作人员把他们的网线信号给掐断了，直接接到了我的线路上。现在，他们要让我想办法解决这个问题。

天！怎么是我的错啊！我当时好想发疯啊！怎么好端端的就全是我的错了！

后来邻居懒得跟我废话，直接打电话去跟那个员工理论，邻居说我法语不好，跟我无法沟通。我 ×！你根本就没跟我沟通，你自己的单子上写得不是清清楚楚嘛！到头来还是我的错！你知道我当时是多么想死吗？！百口莫辩！窦娥呀！！七月飞雪呀！！

什么意外情况都通通发生了，即便我这么倒霉，依旧免不了每天早上 7 点起床收拾东西去学校上课。当时我真心想回国了，要是能回国，什么网络，什么电话，大爷全都不要了！

当然了，说完了气话，该解决的问题还得继续去解决。

接下来的日子是不停地跟电信局、“布衣格”公司纠缠，让他们派技术员上门维修。邻居家的网在 10 天后终于修好，我也算是松了一口气，其实还是非常过意不去的。

接着，“布衣格”公司开始跟法国电信局相互踢皮球，彼此都把责任推卸给对方，而每一次的上门预约都要一星期的时间。

朋友问我的网络装得如何，我统统懒得提了，爱怎样怎样吧。最让我感到奇葩、感到欲哭无泪的是，法国电信局在一个半月后上门核查出，他们给我把电话线安装到了 6 楼，而我住在 7 楼！多么高级的错误不是吗？！

还记得那天，技术员当着我的面拨通了电话！我整个人简直都要沸腾了，电话终于通了！！我觉得这回应该是肯定能用了，于是，我接上了我的盒子，但是那个灯依然是灭的。于是，法国电信局的员工告诉我，之所以出现这样的状况，唯一的解释是，我的盒子，100% 是坏的！

于是，我又再度找到“布衣格”客服，告诉他们要更换盒子的事情，他们说：“亲爱的顾客你要知道，法国电信局这样做是不对的，他们不是

我们的技术专家，我们要亲自上门为你解决。”于是我又再度苦等了一星期，法国电信局和“布衣格”公司的技术专家强强组团来到我家做出了最后诊断。

你的盒子是坏的！

于是，我提着盒子来到了最初的服务中心，此时里面每个员工都可以无比熟练地输入我的手机号码以及姓名。他们如沐春风地告诉我：“要换盒子是可以的，不过你还需要等一个总部的更换号码，之后我们才能给你换。”

于是那个号码，我等了一星期。

终于在一星期后的一天下午，我拿着新的盒子，回家装上。ADSL 的

灯终于亮了，所有的电子设备也能接收到无线网信号了。我欣喜若狂地插上电源，双手止不住地颤抖，就好像洞房夜解开新娘的衣衫那般激动。结果，阳痿了。

它依然不能用。

看完厚厚的说明书，它告诉我，路由器要用光盘驱动。但是，我亲爱的“小白”（苹果笔记本电脑）是没有光驱的。就好像你拿着一个充气娃娃，发现她真的是全充气娃娃，却也真的没有洞。

后来我又千辛万苦借来一个带光驱的笔记本电脑，我终于可以上网了！

此时我已经没有力气对这件事发表任何言论了。我告诉自己，之前的那一切都是幻象，那些全都是上天对我的考验。我现在终于能体会网上那个笑话中，唐僧历经八十一难到达如来面前，却被告知可以用USB（通串线）拷贝下载佛经的时候，那种坑爹的心情。

我决定当天要通宵上网作为庆祝。看一看窗外的蓝天依然美丽。法国，一个浪漫之地，它告诫我们：做人要浪，做事要慢。

遇到 PANO 先生之后的第三件倒霉事，是他告诉我，一本 2 欧元的杂志有送契尔氏的唇膏。你想想多划算。我兴高采烈地为自己涂上唇膏，一路上春风得意地被人围观、侧目，回家却发现，自己带着一个烈焰红唇从巴黎坐高铁一路到达里昂。脸真是丢得干干净净。

遇到 PANO 先生之后的第四件倒霉事，是他跟他哥“大包子”先生带我去剪头发，发型师是个老太太，大家因为表达不清楚，我花了 20 欧元剪

了一个非常非常难看的发型。然后他们两兄弟为了让我不发火，赞扬这是一个很好看的发型，为此，我戴了一星期的厨师帽。

遇到 PANO 先生之后的第五件倒霉事，是他生日的时候，我竟然担负起他宴会上所有法餐的制作工作，简而言之就是，我当厨子，他请朋友吃饭。那天我累得差点儿没死掉，把我毕生所学（其实也才几个月）全都拿了出来，做出了还算像模像样的几道菜。那天生日宴上的所有人，如今都成了我的好朋友，想想其实真的好开心，美食不就是分享、传递快乐的吗？

在这里，只要大家觉得菜好吃，就会对厨子报以尊敬和感谢，这点跟国内是不一样的，也是从那次开始，很多人评价道：“你做的菜比餐厅里面的还好吃呢！”我觉得自己是不是真的在厨艺上有些天赋呢？

其实每个人在开始做一件事情的时候，都是需要鼓励的。还记得给 PANO 先生的生日卡上，我写了这样的内容：你要好好写书，争取有一天红过我。

其实这种插科打诨的交流方式，对于我们来说已经司空见惯，只是现在回过头去，发现两个穷小子都有了一些成长，还真觉得，原来生活是很美好的，不是吗？

烟熏三文鱼土豆泥

食材：

烟熏三文鱼 100g
土豆 250g
黄油 50g
芝士
洋葱 10g
盐
胡椒面儿
肉桂粉

做法：

1. 土豆带皮煮30分钟，然后趁热放入搅拌机，加入黄油、盐、胡椒面儿、洋葱一起打，然后放入些许肉桂粉调味（分量不需要太大，但是要看得见有淡淡的肉桂粉颜色）。
2. 拿出模具，下面垫上三文鱼，然后盖上土豆泥，最后上方放上芝士条，放入烤箱焗3分钟，出炉。
3. 装盘时可以配上时令蔬菜和沙拉。

烟熏三文鱼土豆泥

红酒炖牛排

食材：

安格斯牛排 150g
洋葱
胡萝卜
芹菜（西餐最基本三样调味）
香草
红酒一瓶
番茄酱 15g
面粉 10g
胡椒
盐
食用油

做法：

1. 将牛肉（带血）切丁，同洋葱、胡萝卜、芹菜，一起浸泡在红酒里，面上倒一些油（起隔离作用，防止散味）、整粒胡椒，裹上保鲜膜过夜，如没有条件至少放置 3 小时以上。

2. 将浸泡好的牛肉和蔬菜捞出来以后，剩下的红酒放锅里煮开，滤去血泡后待用。

3. 锅里放油，油温热的时候将牛肉放在锅里，煎炸到两面金黄。放入浸泡的蔬菜开始炒，炒出香味。

4. 蔬菜和肉都经过烹饪之后，放入番茄酱和面粉，炒出黏稠感，让整个锅里呈现出红色的黏稠酱汁。

5. 放入刚刚过滤的红酒开始慢炖。正宗的法式做法是放铸铁锅里面以 180℃的温度密封烘烤 4 小时以上，如果要节约时间就放入高压锅。

6. 收汁调味加入盐、胡椒，装饰香草（香芹或者罗勒）碎。

7. 装盘。

红酒炖牛排

马卡龙

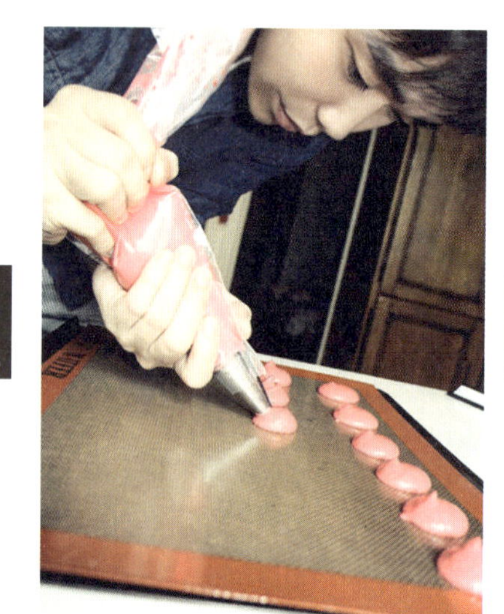

其实回过头想想，“马卡龙教程”是让我一跃成为所谓网络红人的第一帖吧。

一天之内增加了好几千人的关注量，让我突然间感觉到：“啊呀，你们要对我好点儿，我就要红了！”当然，有人称赞你，自然也会有看你不顺眼的人出现，起初我还真是为此感到有些困扰。

不过，当你认识到，没有任何规定让他人必须对你好、喜欢你、夸赞你、陪伴你的时候，那些冷漠的甚至是略有敌意的话语就都会有了理所当然的解释。

如果你想要试着远离这些坏情绪，你就得让自己忙起来，忙到没空去想这些有的没的。所以，我们一起来做马卡龙吧，它能让你变得开心。

当时，马卡龙在国内的地位非常高，甚至流传出一种“不会做马卡龙的甜点师，不是一个真正的甜点师”的说法。

其实我对此是非常赞同的，因为这个鬼东西真的是太甜了。外国人可以花一整个下午的时间，配着一杯比命还苦的黑咖啡，品味一个超级小的马卡龙。其实对于我来讲，马卡龙真的是不能多碰的甜品。但若非要把自己比喻成马卡龙，那么我这款马卡龙，一定是诡异的蓝紫色，表层还要撒上一些匪夷所思的罂粟籽，让人一眼就望而却步。内馅儿更要在一般甜腻的果味里加入奇异香料，再放上些黑暗的烟熏三文鱼，不能准确地判定是否重口味或者形式大于内容，但是总能让人一时不知该不该下手，抑或是下手之后，便沉溺并无法自拔。

我们周遭的很多人是看不出伤心或者难过的，因为他们都有一个共同点——很喜欢笑。

他们高兴的时候会哈哈大笑，笑得锣鼓震天花枝招展；遇到一些难过的事情，就算是很难过很难过，你也不会看到他们哭泣，最多也只是从平日里夸张的笑变为淡淡的微笑，然后嘴唇微启说：“没什么，都过去了。”好像天大的事情都能雁过无痕，与世无争。

但凡有这种朋友，我都不知道如何去安慰他们。因为即便是我拍烂了桌子要抱不平，他们也会把自己的泪痕遮盖得密不透风，反过来安慰你：“真没什么！我觉得还好。”

其实，若真的是彼此非常熟悉的老友，就不应该去触碰这些伤痕。很

多事就像当年的夏天，一旦过去，就再也不会遇见一模一样的另一个夏天。这个时候，我通常做的，就是陪他们聊聊天，端出一份甜品，静静地陪伴。

朋友总问：“你为什么老喜欢做甜品呢？”

每当遇到这样的问题，我总是说不出个所以然来。

在法国的时候，很多人觉得，我的生活就像马卡龙，处处都是甜蜜和浪漫的。其实真正做过马卡龙的人会知道，它看似光鲜的表面却十分脆弱，用手轻轻一碰就会碎掉，一吃就会涌出甜腻的口感，让人受不了。

犹记得在学习做马卡龙的时候，失败的作品堆满一个个盘子，然后从头再来。不管是烤箱温度，还是各种材料的准备，都出不得一丝的差错。

学习的过程满满的都是辛苦，可当我最终捧着一整盘成品的时候，那种喜悦的心情可以冲刷掉之前所有的烦恼和失败感。一口咬下去，满嘴都充溢着甜蜜的香气，那是属于成功的喜悦。

就像是奶油的浓稠甜蜜，巧克力的丝滑香浓，杏仁的焦糖芬芳，草莓的娇羞可人……我生平所见到的学到的看到的最美好的词语，都可以用来描述甜品。

它是唯一可以千变万化，或浮夸或朴实，任意游走，也不招人讨厌的奇特存在。很多人都做过甜品，大多数人都失败过无数次，可他们还是会继续尝试下去。为什么呢？因为甜品带给人的成就感和快乐真的是其他事物难以替代的。

曾经有人要我用甜品形容另一半，我会毫不犹豫地说出：芝士蛋糕。

那种看似朴素的外观，既可以朴实无华又可以被点缀得花枝招展，但是从入口的第一秒开始，你就会被那种强大的幸福感包围。若能相伴余生，我愿沉溺不醒。

巴黎街头，每个转角处都有甜品店。古朴的木质招牌，铁艺的雕花小椅，弥漫在空气里的咖啡香，悠悠的奶油甜，混杂在午后，会让人觉得浪漫是这么唾手可得的事情。很多时候，你只要略微走慢一些，放慢一下生活的脚步，便能惊讶地发现，生活中的甜蜜，无处不在。

马卡龙

做法：

1. 想吃马卡龙，首先需要一些专业的工具。你要量准你所需要的东西，体重秤是不行的。因为失之毫厘，谬以千里。你需要准备：300g 糖粉，300g 杏仁粉。

2. 第二步是需要过筛，为什么要过筛呢，因为最后出来的饼面只有过筛后才能如肌肤般柔滑。当然你筛不过的部分，请按照重量补上。这是很重要的。因为我们要求的就是严谨。你如果嫌麻烦，也可以选择不筛，那么你的马卡龙注定在外观上就是极其粗糙不堪的。所以为了最后的美，选择最细的过滤网。

3. 蓝带所教授的马卡龙，最大的技巧就在于煮糖，也叫作意大利糖浆。这样做是为使其更加酥软，并且可以保存更加长的时间。我们需要 300g 糖和 25% 的矿泉水，这里为了配合产品的高端，我们选择的是依云矿泉水。加热到 115℃以上。请不要用体温计测温。

4. 另外再准备 110g 的鸡蛋白。这里大家可能注意到这边的蛋白是成桶装卖的。因为我们制作的时候，不能使用冰箱里刚刚拿出来的鸡蛋，而应该放置至室温。这样并不是做作，可以解释为——地道。

5. 下面是打发意大利奶油。这一步至关重要。你需要在糖快接近温度的时候开始打蛋白，确保你加入白糖的时候，蛋白已经打成白雪状。然后慢慢把糖加入蛋白，一直疯狂搅拌。不要害怕，你会发现你的蛋白越来越浓稠，成为看到的普通奶油一样。同时你也可以交换左右双手，锻炼肱二头肌。

6. 马卡龙的颜色在于加入色素。一点点便够了。这里需要的是另外 100g 蛋白，然后搅拌加入色素，这里的蛋白也是要称量的，并不是你觉得该是一碗或者半碗的量。所以这也是你失败的关键要素之一。

马卡龙

做法：

7. 搅拌的时候是先把蛋白加入糖粉和杏仁粉，然后从下面往上面搅拌。确保色素混合到每一个颗粒。如果没有色素，此步依然进行，而结果就是你做出的是白色的马卡龙。

8. 再加入刚刚搅拌的意大利奶油，就做成图中你看到的浓稠程度。如果你的浓稠程度不如图，那么恭喜你，你进入了第二个失败的步骤。装入挤花袋，选择一个 10 ~ 12mm 的挤花口。挤花口至关重要是在于你也不想做出脸这么大的一个圆饼。这才是精髓。

9. 我们不需要 XXL 的马卡龙。所以只是告诉你，大家请关注挤花口应该如何贴近你所需要的小圆饼，所挤出来的形状才是香甜圆滑的小饼干。这个如果练习不好，我们学校的惯例是使用土豆泥。价廉物美，手感劲道。

10. 有大的有小的没关系。主要是圆。大小可以做出各种 SIZE。

11. 挤压好的小圆饼会自动塌成圆形，因为你的浓稠程度已经达到标准。如果不够圆，你可以在地板上轻轻地敲打下烤盘，但不是叫你练习跆拳道。这是甜品，不是砖头。它会自己成为圆形。不够圆是因为练习得不够，马卡龙是精品法式点心，原因是因为它是有技术含量的。

12. 进烤箱之前，是需要放置风干的，我并不清楚别人的方法如何，我只清楚我们的老师是法国十大手工艺人。所以，请在风干后放入烤箱，但是这里并不是叫你去做牛肉干，只要表面不粘手，便可以放入烤箱。如果没做到这点，你进入了第三个失败的误区。

13. 放入烤箱是需要测温的。温度对马卡龙的裙摆的控制十分重要。你需要有一个很好的烤箱，180℃恒温烘烤 12 分钟。中途你可以打开烤箱门，如果最后手指

马卡龙

做法：

触碰上去感觉上面很硬，下面很软，那么便是好了。这个地方请大家收好自己的一阳指内功，因为要轻轻触碰，不是去按电梯。不然它就碎了。

14. 覆盆子酱之前教给过大家。所以这次不再唠叨。马卡龙上下合体，即为成品。这个东西在巴黎老佛爷专柜大概是 2.9 欧元一个，大家可以自行换算价格。它之所以卖这么贵，并不是因为成本高，而是高在其中的技艺。因为不会做马卡龙的师傅不是真正的法餐师傅。它的口感应该是外酥内软的。

15. 因为外层极度甜腻的关系，所以内部的夹心采用特殊工艺处理，比如减少糖粉以综合外部过甜的感觉。另外告诉大家一个小贴士，马卡龙要好吃，请做好后放置冰箱内超过 24 小时后再食用。所以，它并没有趁热吃这个说法。保存时垫上纸以吸取水分，并且密封。如果你想吃冰箱味，请敞放。

布鲁塞尔之旅

每个人都有迷失自己、独自呐喊挣扎的时候。

我想，不论是谁，都曾不止一次地陷入这样的情绪里。

不过，当自己独处的时候，你可以很深刻地去承认，自己的内心的确是存在着一些闪闪发亮的东西。那是什么？

虽然会因人而异，但是我相信，我一定会找到那样东西的。所以，我选择去旅行，去远方看看，去沉淀那些快乐和悲伤，去探寻未知的将来。

布鲁塞尔，我选择去这里，并不需要任何深奥的理由。只因巴黎去布鲁塞尔的火车票对学生有优惠政策，并且我刚刚顺利通过了蓝带的初级毕业考试，就是这么简单。算是一种小小的奖励吧。

回想那将近 3 个月的求学生涯，日子总归是很艰辛的，其间受过一些大大小小的伤，但幸好都不是很严重。而且从一个厨房白痴进化到还可以做一些看上去蛮唬人、吃起来蛮唬人的菜的时候，自己已经感到特别知足。生活嘛，不要把自己逼太紧，莱昂纳多就是把自己逼太紧，才跟他女朋友分手的。

刚刚到布鲁塞尔的时候，坐着紫色丝绒座位的高铁，我发现，跨国的距离原来就是从成都去一趟重庆嘛。我事先没有制订任何旅行计划，就这么自由自在地游走在布鲁塞尔的街头，这样的旅行其实是最棒的——拿着一张免费的地图，想去哪儿就去哪儿。有时顺着人流跟着导游乱窜，混在里面听着导游用我不太明白的语言介绍那个撒尿的小朋友（也就是“小于廉撒尿雕像”，它是“布鲁塞尔第一公民”像。建于1619年，出自雕塑大师杰罗姆·杜克思诺之手）；有时，跟着有轨电车的轨道前进，操着半生不熟的各种语言与人交流。这个时候，又发生了一件很奇葩的事情。我的银行卡莫名其妙地找不到了。

为此，我差点儿就要露宿街头了。

回到酒店，插好了电脑，准备先找“母后”周转一下。因为火车的特

价票是不能更改的，不然就赔大了。

我开始计算着时间与我的“母后”视频通话，恰好“母后”刚刚跳完广场舞，看上去面色潮红心情还不错，我开口便说：“妈，我的银行卡不见了，你打点儿钱到我中国卡上嘛！”我妈突然紧皱起了眉头，一行字从对话框里面飘出来：“你是不是骗子？”

亲娘！是我啊！我眼泪都快掉下来！我妈继续打字：

“现在的骗术可高明了！你是不是录像？！”

“不是不是，我不是！”我慌忙解释。

“抬起你的左手！”我抬了，“抬起你的右手！”我抬了。

“脱衣服，换个黑色T恤。”

这头的我暗自咆哮：喂妈！你才是骗子吧！骗我拍不雅视频！（没

敢说。）

“上次打麻将赢我钱的那个阿姨姓什么？”“你舅舅第一个老婆全名？”“我的支付宝账号”……

我都快被逼疯了，然后还要口述三次账号：一遍文字，一遍语音，一遍电话。

警惕性好高的“母后”大人。

“最近 QQ 老是弹出窗口说视频诈骗，好了，明天去给你汇款。”

关于我可爱的母亲，我有一篇文章歌颂她，容我插播下：

说到我的额娘，用“奇女子”来形容，是一点儿不为过的。

奇女子一般都拥有过人的美貌，所以，秉着讨她欢心的目的，我必须要把她描绘成极为美丽的女人。在她和我外婆的统一口径下，我从小便被灌输她是方圆3公里内最漂亮的校花级人物，即便到了现在，同学聚会的时候，她也是最会让人羡慕嫉妒恨的那种校花级女同学。

我看过她年轻时的照片，全都是45度角凝望远方的艺术照。看来王心凌并不是鼻祖，因为她输在眼神不够迷离。我妈年轻那会儿还是很美的，她骄傲地回忆着当时只有78斤的体重，就跟张韶涵是一个样子，不过她的身材比张韶涵那个“飞机场”傲人无数倍，所以当生下我之后，她的体重一直停滞在100斤左右。她固执地认为，我是她美丽人生的道路上最大的障碍。于是，不论是我姐、表姐，乃至各类她所认识的青春期少女，她都告诫她们不要这么早生孩子，好身材都要毁掉。

额娘的奇特，不得不说，作为她和我爹的爱情结晶，我是背负着非常大的“社会舆论”而存在的。额娘当年轰动一时的爱情故事，我爹便是男主角。我爹是额娘的老师，足足比她大了10岁。额娘说当时我爹每天都开着一辆“大东风”接送她上学，她就义无反顾地沦陷了。

私奔、旅行结婚、跟父母断绝关系，两人甚至连工作都辞去，远离家乡，只为躲避那些风言风语。

这些事，我都是后来听舅舅说的。舅舅说，我额娘骨子里面的叛逆是无人可以比拟的。于是乎，我经常受到的教育就是，爱情势必是需要轰轰烈烈的，哪怕觉得会因此坠入万丈深渊，也要鼓足勇气去爱。

额娘跟我爹，真的是绝配：他们都热爱旅游，去遍了他们所钟爱的各地景点，牵手看花看日落，面对如今无数非主流所羡慕热爱的小清新，额娘说，她早就玩儿腻了。

我倒是很少听额娘提起过这些事，记忆最深的，便是她总是喜欢在跟我爹吵架的时候，回忆她已经定居美国的初恋男友。她感叹自己的命不好，不然早已经在贝弗利山庄里面跟维多利亚一起打麻将了。

额娘跟所有的女人一样，有着一些虚荣的属性。她喜欢被别人嫉妒，因为那让她觉得自己命好。也因为虚荣心，小的时候，额娘是不愿意带我去她单位的，因为那时候我特别胖，也长得很丑，于是她从不让我去单位找她，因为她说她同事的儿子女儿都是超级美的，为什么我就是一个死胖子。

可能是人云亦云吧，她单位上所有的同事都觉得我是一个超级难看的大胖子,直到临出国的宴席上,我才感受到了人生中第一次刷新认知的场景。她所有的同事都大赞我原来还是可以见人的,于是那天,额娘出尽了风头。

我一度怀疑,额娘一直处心积虑地让我埋没在苍茫人海中那么多年,就是为了那天晚上。所谓“台上一分钟,台下十年功”嘛。

直到如今,每次寄明信片回家,也都寄回额娘的单位。额娘的台词总是:你看我儿子就喜欢到处去玩,还要给我寄明信片,这次是比利时的,还有巧克力。

我爹说:“你额娘每次收到你寄的包裹、明信片,就要去整个单位每个办公室喝茶,然后晚上就会失眠,折磨死我了!”

额娘对于美的追求,是执着的。

她沉迷于网上的美容自制面膜已经不是一两天的事情,不仅自己爱美,还强迫我每天早上喝她亲手制作的纯苦瓜汁。

如果你觉得这还称不上“不疯魔,不成活”,那么请看看我额娘在某洗脚城办的时长长达100年的洗脚卡以及SPA卡。

100年。我当时真的是愣了。

额娘说:“没事,老了以后还可以洗,死了还可以家传。”我并不担心她的寿命,只是我觉得,洗脚房的老板肯定每天晚上都会热衷于跟友人分享“有一个傻大姐竟然办了一张100年洗脚卡”这件事。老板八成会说:“哈哈,说不定那个时候我早就倒闭了。”

额娘从来不浪费这些卡,经常带领我们一家三口以及各路亲友去洗脚、

ZÓ DOE JE DAT
Please your lover

做SPA，导致我们的家庭聚会有几次都是在那家洗脚房盛大召开的。后来，我鼓励她应该承包下那家洗脚房。

购物对于额娘来说，永远是朱砂痣，绝非蚊子血。

我来法国的原因之首，就是她要长期代购各种法国奢侈商品，然后按照国内的市价去单位显摆。她特别喜欢LOGO大得惊人的产品，例如“驴牌”上面一定要印满大玫瑰图案，她说这样才张扬大气。

而且，额娘特别经不住店员的糖衣炮弹。有次我跟她结伴出行，店员赞她青春逼人就好似自己的姐姐，她特别豪爽，一口气买了3条丑到要死闲置至今的皮裤。当然，也有过发飙的时候。那回她本来已经动了心，要去某发廊办无数年的洗头卡，就是因为一个面相极老的店员叫她大姐，便从此封杀那家理发店。可见她的内心是多么渴望留住美丽。

在“健身房年卡一年使用率不到10次白白便宜健身房”和“去楼下广场跳广场舞”之间，额娘必定会选择前者，因为她不停地告诫自己，跳广场舞是承认自己变成老太婆的标志。出于这种考虑，额娘放弃与老太婆为伍，选择跟我爹去郊游钓鱼，跋山涉水，所以我们家经常是没人的。

前面提过，额娘是个警惕性非常高的人，给我打钱要确认无数遍的事我还记忆犹新，无数友邻曾追问她是否曾经在国家安全局工作过。

其实这并不是最夸张的。

我们一家三口出去旅游，却从没有一起出门的时候，额娘总是坚持要我跟我爹先走，然后她跟我们会合，理由是，她认为这样就可以营造出家里还有人没走完的感觉。

我们家所有窗户、门缝后，随时都藏有牙签或者头发丝所牵的线，如果回家时发现这些记号被人动过，或者有外人来过的迹象，额娘都会开始疑神疑鬼。如果窗户大开，冰箱里的饭菜会被随时倒掉，因为担心有人投毒……

我曾怀疑她有极强的被害妄想症或者做过无数的亏心事害怕被打击报复。她对我说，我太过于年轻，世间险恶我还并不知道。

后来我终于找出她这一系列行为的根源，原来是她的网页收藏夹里面有那个清华大学校花被投毒的网文及照片。额娘估计也是被吓怕了。

联系她汇款的那次，在我回答不出被额娘丢掉的第三只宠物的名字及类型后，隔天，我抱着“智勇大冲关”的决心参加了新一轮问答，在成功回答出她在“开心农场”所养的宠物数量以及她在淘宝最近一次购买的防静脉曲张袜的数量还有新浪微博的粉丝大致数量后，我成功地收到了她的汇款。

我满心欢喜，就好像抽奖抽到了某数码品牌礼包。

那一年，我 24 岁，额娘 46 岁，她是一名老师，喜欢以姐自称，她说自己的儿子应该长成黄晓明而不是我现在这个样子。她不是奇女子，她是凡客。她是我额娘。

我额娘的种种行迹颇为奇葩，是真的，可我爱我的额娘，更是货真价实。

其实每个母亲都会扮演着很多很重要的角色，她跟爱情一样，有时候

是软肋，有时候是盔甲。无论你走多远，都会想念自己的母亲。

写这本书的时候，母亲节眼看就要到来。我真心地祝愿额娘身体健康、永葆青春、打麻将永远都赢钱。

等会儿，我要去为她寄出母亲节礼包，为了回报她的恩情，我从布鲁塞尔寄了巧克力给她拿去炫耀。收件地址一如既往是她的单位，并且要错开节假日。

布朗尼

做法：

1. 图中（见第 121 页图）是制备西域甜点布朗尼所需要的东西。大家不妨一看，就本官所看，东西倒是不属于特复杂的，都是超市可以买到的寻常东西，诸位不妨一试。

2. 150g 红糖。若爱食甜，可以替换为 50g 白砂糖。不过温太医总提及红糖的好处在于“温而补之，温而通之，温而散之”，也就是我们俗称的温补。红糖所含有的葡萄糖释放能量快，吸收利用率高，可以快速地补充体力，以为诞下龙种打理好身子。

3. 此方中 150g 黑巧克力，据古方所载，该物性情温良有软化血管之奇效。每日服用更有愉悦心情之功用，善用此物，也不怕安常在那些恼人的迷香熏得圣上意乱情迷。

4. 80g 黄油。此物源自牛乳，却越发脱俗，有一股浓郁奇香。不过日渐入夏，实属衣衫单薄之际。还不忘提醒诸位，少食为妙。更要提防各宫小厨房出品的酥类小食，别看它入口即化，这里面的门道独独是少不了这黄油，还望多加小心。

5. 100g 低筋面粉。此物来得极其不易，虽说是寻常人家物品，可是现坊间为牟暴利，多采用饺子粉等新名字企图鱼目混珠，特谨记惯有“自发”二字，高温过度时常发苦。圣上可是最恼这苦味，所以越简单的东西越容易让人放松，不慎即遭人陷害。

6. 20g 比命还苦的可可粉。这可可粉选用手工研磨产品，杜绝了各种毒物混杂其中的可能。入口极为苦涩，但是经过烘焙融合之后，又散发出可可迷人的芬芳，是缓解甜腻上佳之物。

7. 3g 锤子泡打粉！这粉属西方贡品，比寻常中式苏打来得颇费周折些。此粉的好

布朗尼

做法：

处是更加见效，一点点即可获得让人满意的功效，而且无色无味，本官曾加入皇后娘娘的玉女珍珠霜中，次日皇后变猪头，称病休养一些时日才可见人，为本官除一恶气。

8. 黄油此物需要融化，然后稍微冷却。为什么呢？因为烫。对，此物热则融，冷则凝，实属娇贵之物，所以切记不可暴露于室温储存。

9. 此方加入核桃，亦是温太医提醒。一则口感俱佳，二则核桃实属提神醒脑之物。这些是云南贡来的纸皮核桃，手捏即碎。还望皇上多食此物，以缓解操劳政事之苦。

10. 融化黑巧克力。此物外表坚如磐石，遇热即可化为浓郁酱汁，实属百炼钢化成绕指柔。后宫生活烦闷，不妨多食此物缓解忧思，更有下官闲话说若干年之后，此物还可作为武器攻击皇后娘娘自保。参见野史《还珠格格》。实属笑谈。

11. 本官刚刚失言竟然忘记提及此方还需要两个新鲜农家鸡蛋，加入红糖搅拌均匀。但是切记处理好蛋壳碎渣，如万岁爷龙颜大怒，你我皆是死罪。

12. 下官想诸位小主皆属千金之躯体，拌匀这些调料的粗活儿自然交给下人去做。不过本官前些时候发现的夷物尚属新奇之物，再难搅拌的浓稠之物皆可轻松拌匀。唯独世间万物难以完美，此物使用过久后难免出现手腕发麻胀痛等不适感，还望适可而止，浅尝辄止。

13. 巧克力已经融化开，目测犹如荷塘淤泥。不过此刻芬芳之气扑鼻而来。不过各位小主切不可涂抹于肌肤之上，以图获得皇上青睐。本朝以白为美，提醒小主切不可扰乱纲常。

14. 这一步是将所有的流体搅拌在一起。此步并无特别讲究，但求均匀连贯。

布朗尼

做法：

15. 剩下的工作甚是简单。将方子里面其他部分顷数倒入，慢慢搅拌即可。此步之后，整个酱会变得异常浓稠，还望各位小主少安毋躁。

16. 大功告成。此乃进小厨房前最后的准备。这个液体已经浓稠并且散发出珍珠般光彩。大喜之兆。

17. 装入宫廷特制的方形铁碗。其实形状可按照各小主心意即可，并无特殊要求。不过自古崇尚没有规矩，不成方圆。所有上供的甜品只要出自方、圆二形，端端不会招人口舌，实属上佳之选。

18. 此步是整个准备过程中最为复杂的一步，因为首先要放入烤箱 170℃烤制 15 分钟，看到表面结出一块表皮，然后降温到 150℃，继续烤 20 分钟。诸位小主切不可贪快求速，这个表皮虽好，但是内部还是一团稀，耐心等待，方可成形。

19. 检验出炉时间，倒是端端三炷香。若是没有香，简单的方法是插入一根牙签。如果牙签上面粘有一些巧克力酱而大体干净的时候，方可取出。因为刚刚烤好的布朗尼应该中间略带黏黏的口感。这才是其物口感美妙精巧之处，切勿烤老了，失去本该有的特色。

20. 成品。

布朗尼

地中海的风

一步踏错终生错，下厨做菜为了生活。厨子也是人，心中的痛苦向谁说？向谁说？为了生活的逼迫，颗颗泪水往肚里吞没，厨子也是人，只怕一生在那油烟里活。做菜摇啊摇，蹦蹦又跳跳，人格早已烟中泡。夜夜切切剥剥剁剁磨磨敲，原来我是一个厨子！

——《厨子泪》

其实我真不算一个特立独行的人，真的没做过什么出格的事情，但是在面对一些事情的时候，我秉承的原则是“想三遍就行动”，毫不磨叽。

这其实是古话说的“三思而后行”，但是又不至于太过拖沓。

大学时期的同学，三分之一去了非洲，三分之一转了行，三分之一来到了法国留学。来法国留学的同学不算少，但是学厨的就我一个。他们总是很欢迎我，热情地期盼我去找他们相会。可是无奈蓝带的学习非常紧张，甚至连正常的寒暑假都无法保证。所以，这一次的老同学聚会变得异常难得。

“鱼小姐”是我大学的挚友、同桌兼死党，我们在相处的四年里，发生过非常多奇葩的事情。俗话说“物以类聚，人以群分”，我们两个奇葩中的战斗机终于要在法国相遇了！“鱼小姐”听说我要去找她，非常豪气：“到了以后，我来车站接你哦！”然后发出一阵银铃般的笑声，接着顿了顿：“姐带你去我们后花园巴塞罗那看看哦！”

待我长途跋涉到佩皮尼昂（南法第一城市）的时候，鱼小姐很贵气地开着一辆标致小跑车停在火车站门口。我看了看她贵妇般的装扮，一身的名牌，硕大的太阳镜在阳光下熠熠生辉，然后那个绿色的小跑车喇叭嘀嘀地响着，那副形象，像极了某矿产老板的最爱。

我一上车，她便摘下墨镜打量我，假睫毛忽闪忽闪：“怎么变这么寒酸了？”我拉了拉皱巴巴的牛仔服：“你知道吗，这叫体验生活。你敢不敢卸妆？”

两个老友见面之后，聊天的内容一路上都围绕着各种八卦，她如数家珍地告诉我过来买了些什么，把我们认识的每一个人的八卦都讲了一圈，然后告诉我，她的化妆技术是如此卓越：“有一次没化妆去上课，全校都不认识我是谁，然后就现场表演上妆，所有人都大呼 MAGIC（魔法）！”

“鱼小姐”的专业是酒店管理，大部分的时间几乎就是考察各类酒店然后去体验入住。我瞬间觉得，我花了这么多钱，根本就是在生存，别人都是在生活。

我们开着车去了佩皮尼昂的海滩，那是一个夏日的午后，柔柔的海风和细腻的沙滩，还有看不见边际的蓝色海洋。只有那一刻，我才深刻地意识到，自己在巴黎到底过的是什么生活！这才是我梦想中的留学啊！不是每天坐地铁蓬头垢面，是要开着车去看海啊！“鱼小姐”在旁边说：“谁叫你读这么贵的学校，读公立的话你那些钱可以过得更好。”

我打开一瓶啤酒：“哈哈，账不能这么算哦，你说的那种方式也许能让我快活几年，可是在那之后，我可能要为自己的放纵埋单几十年，我觉得不划算的。”

“鱼小姐”白眼一翻：“那你是在讽刺老娘喽？我可还有后路的——嫁人。”

“哈哈，不敢不敢。你是知道我的，首先，我这个‘后路’算是断了，另外我对你的那些管理又不怎么感兴趣，只好回归到最传统的手工业了，总归饿不死嘛。”

“鱼小姐”一下子来了兴致：“那晚上去家乐福吧，我们给你的道场买些贡品，今晚大家都知道灶神来了。”

我觉得，很多时候，我就像是一个巡回歌手，走到每一站就要招呼前面的观众拿起手里的锅铲菜刀跟着我一起摇摆。

其实我觉得，这跟我学习厨艺的初衷很像，希望获得一种被需要被期待的感觉，一种把快乐很直观地分享给他人的那种快乐。这不就是做厨师的快乐吗?

说了这么多,还是得给他们做顿吃的,思前想后,终于决定做四川火锅!

我们买来家乐福里最便宜的牛棒骨、猪蹄熬汤，去搜集全佩皮尼昂留学生家里所有的干辣椒，爆香葱姜蒜加上浓浓辣子、花椒、骨汤熬制。我敢说，那次的火锅，应该是 20 多年来我吃过的最好吃的一次。

很多时候，我们都像是毛肚，看似满身都是刺，可在社会这个大锅里面，一下就成熟了，涮几下就老了。谁也逃不过成长，逃不过伤悲，但总归会继续发光发热。

那天我只记得，佩皮尼昂 × 大的中国人几乎都来了，大家跟过节一样，每个人都很高兴，每个人都吃得很满意，每个人都在酒后又哭又笑。

我看了一眼“鱼小姐”，她还是跟之前一样，依然是我所熟悉的那个“鱼小姐”。

其实每个人都还是最初的样子，人家都以为我们变了，其实心底里那份单纯善良小美好依旧是存在的，只是很多时候我们不展示给一些人看罢了。

“四川火锅”法式新做法

红锅

食材：

四川豆瓣酱3勺、牛油（法国用黄油替代）100g、色拉油100g、泰国红辣椒100g、花椒50g、白糖3勺、冰糖15g、老姜一小块、蒜头6瓣、北京葱两段、白酒两勺、高汤一罐、陈皮一块、草果两枚、小茴香15g、八角3粒、山柰一粒、桂皮一根、香叶3片、丁香3粒（可以集中使用卤料包）、盐两勺、白胡椒面儿半勺、生抽两勺。

做法：

1. 锅内倒入色拉油烧热后倒入红辣椒和花椒炒出香味，随后捞出备用，将白糖倒入油锅内小火炒化后放入拍扁的葱段、姜块和蒜头。

2. 待葱、姜、蒜炒至色微黄后放入所有的香料一起翻炒，然后再倒入四川豆瓣酱炒匀，这时倒入白酒和生抽以及牛油合炒。

3. 最后倒入整罐高汤，放入冰糖，再将之前炸过的辣椒和花椒倒回锅内即成为火锅底料。

小贴士：

1. 牛油并非制作西点的黄油，而是用牛的肥肉熬制出的牛油，用于四川麻辣火锅中增添香味。但在国外没办法的时候，则选择使用黄油代替，会有柔滑口感。

2. 火锅中所要用到的各种香料可用卤料包代替。

“四川火锅”法式新做法

白锅

食材：

盐 5g
味精 2g
料酒 20g
胡椒面儿 2g
鸡肉
猪排骨
猪棒骨
豆浆
鸡油
番茄片
葱
枸杞
香菇

做法：

1. 制锅底：将鸡肉、猪排骨、猪棒骨洗净，放入开水中出一水后，再用清水漂洗干净。然后放入锅中，掺水 3000g，先用大火烧沸，打去浮沫后加调料改用小火调出鲜味。舀出 300g 调制好的鲜高汤冷却，特别加入豆浆可以让锅底呈现白色，并且口感更佳，也更加浓稠。

2. 将煮好的锅底过滤，然后加入鸡油，放入番茄片、大葱、枸杞、香菇做装饰，可以让汤底呈现更新鲜的口感。

“四川火锅”法式新做法

蓝带中级考试

再次回到巴黎，有两件事我一定要参加：蓝带中级考试以及巴黎反抢劫游行。

第一件事对于我而言是非常重要的，学完中级课程之后，我也能算得上一个半吊子厨师了。

回过头思考自己爱做饭的原因，无非是因为自己本身就特别爱吃美食。爱吃美食和爱做美食，在我看来是一点儿也不矛盾的。只有当你无比热爱一样东西的时候，只有当你愿意付诸一切废寝忘食把一件事做好的时候，才有可能在某方面取得成绩。所以如此热爱美食的我，在去法国各地采风的时候，也不忘把遇到过的美食记录下来，将它们的特点融入菜里面，哈哈，这样看来我还是挺有天赋的。

而另一个更直接的原因是，我如果无法顺利通过中级考试就得重修，重修意味着什么？几十万啊！估计我爸妈得坐十几小时的飞机马不停蹄地过来掐死我。一想到这个，我就特别紧张，紧张到笔试时全身发抖。

笔试的内容是老师平时口述的内容，平日里上课的教材就是菜谱，菜谱之外的知识点就必须靠笔头记下来。而且记笔记的时候，得特别细心才行，即便是插科打诨的聊天玩笑话也可能出现在正式的考试中。

蓝带的老师完全不同于国内教授：“各位同学请注意了，接下来是 ××× 重点。”他们从来不会像这样特意强调。比如有人提问：“巴黎盛产鸽子还是兔子？”老师觉得这些问题很有趣，就会让它成为考题之一。这让我不得不全神贯注地去聆听每一个人的问题和答案，要是上课嘻嘻哈哈，估计就会不知不觉地失掉分数。真是可怕！

笔试的另外一个板块是菜谱完形填空。试卷上会出现一张曾经做过的菜谱，然后空出材料、分量的部分，需要让考生填写补缺，这可苦了背功不好的我。考试前的那段日子过得昏天黑地，每天都要花大量的时间背诵各种菜谱，即便是走在地铁上，都在背“面粉多少克”“洋葱多少克”。

笔试那天，为了防止作弊，相邻的考生，试卷是不一样的，一共分为 ABCD 四份，而我无比幸运地拿到了 A 卷！为什么喜欢 A 卷？那是因为 A 卷最后的一个大菜谱是我刚刚背完的，答起来特别顺畅，超级开心！感觉自己的努力终于有了回报！

心潮澎湃地先做完最后的大题，然后返回到前面继续答题，结果做到

一半的时候，我才发现试卷的印刷出了问题，有一页几乎完全看不清楚。

我举手示意老师换试卷，结果换下来的试卷让我瞬间傻了眼——居然是C卷！！

你们知道我当时眼泪都要掉下来了吗？！知道我想一头撞死吗？！

后来我撒泼去找老师，想换一张A卷，得到的答复却是："对不起我们没有A卷了！不是一样的吗？！"我觉得老天一定是在考验我，一定要将大任降于我，所以才这么对我。

绞尽脑汁写完试卷，开始进入实际操作环节。

老师让我们在10道菜品中随机抽选其一，果不其然，我抽到最不熟悉同时也是最难的一道菜。

我要做烤鸡，还是一只很特别的烤全鸡。需要把鸡身缝到昂首挺胸的形状，烤制完毕后还要做很多配菜。

这次的考核方法也很奇怪：老师和大众品鉴团试吃了所有作品后，进行盲选投票。

我踮着脚尖偷偷瞥了下屋子里坐着的一堆老头儿老太太，然后考虑到老年人味觉不好，于是多加了一把盐。自己尝的时候觉得略咸，但是在一众菜里面会很入味。哈哈，没想到歪打正着，在中级毕业典礼上，我竟然获得了全班第五名的好成绩。真是不得不佩服自己鬼点子好多。

我打电话给我额娘汇报好消息的时候，她正在打麻将。额娘说她特别开心，叫我好好加油好好照顾自己，然后她呢，打麻将可以不断地自摸，家家都给她送钱来。

因为毕业典礼的关系，我错过了巴黎反抢劫游行。我手里拿着巴黎反抢劫大游行的传单，欣喜地告诉周围的朋友，一定要去参加。不过他们都告诉我，去年参加完游行后，人们被土匪们在地铁站围追堵截地集体抢劫，像我这么点儿背的人肯定是首选目标，还是不要去比较好！

我翻了翻日历，明天就是他们的圣女飞天日，圣女飞天日是一个公众假期。我不能跟上回一样，冰箱里面没有任何储备，等到节日当天吃遍一条街的闭门羹，那种感觉真是叫天天不应叫地地不灵，会饿死人的。于是我赶紧奔赴超市，把今天为了撑面子的名牌包放进一个家乐福的购物袋，然后拨乱了头发，购物完毕后趁着夜色搭上臭臭的地铁。

小龙虾炖煎蛋

食材：

小龙虾 500g
鸡蛋 5 个
洋葱
胡萝卜
芹菜
香叶
牛汤
食用油
黄油
白葡萄酒

做法：

1. 小龙虾放清水中洗净，然后放在开水中焯熟，对半切开待用。

2. 锅里放油和黄油，炒洋葱，然后放入小龙虾煸炒，中途可以放入白葡萄酒去腥，然后加入胡萝卜丁、芹菜丁翻炒。

3. 锅里加牛汤炖 20 分钟左右。

4. 另开一口锅，加油放入蛋液（提前搅拌好），然后开小火成嫩蛋花状，不要炒全熟，然后放入纱布拧紧成糖果形。放入小龙虾锅里面一起煮。

5. 收汁，鸡蛋切薄片，龙虾去半条或剥出虾肉，淋上锅内酱汁，放入盘中装饰。

小龙虾炖煎蛋

爸爸去哪儿——慕尼黑

还记得去慕尼黑时刚好是父亲节。

自从来到法国，我就没有特别顺利的时候，就连买一张去慕尼黑的机票也特别波折，为此我还专门下重金买了很多 CK 的红内裤（别的牌子没得卖）企图转运，后来发现这真的是徒劳无功的，可能要托人从国内带一套全身大红的秋衣秋裤才能挡煞吧。

关键是这个时候，我还要在网络上给我爹添堵。

父亲节当天，我计算好了日期和时差，给我爸发短信作为节日祝贺。我自觉非常幽默地说："爹，虽然你从小对我就不好，也不怎么疼我，还时常拳脚相加，不过我早忘了，现在就记得你的好。我就希望您吧，过得特好，身体好，打麻将手气好，股票早点儿解套，其他的就别操心了。等我过几年挣钱了，就带你去海钓，成吧。祝你父亲节快乐。”

等我抵达机场，一个 QQ 窗口弹了出来：“儿子，爸爸爱你，只是以前不知道怎么表达，现在在想办法弥补。”

就是那么一瞬间，我的眼泪掉了下来。那个永远板着脸不会笑的老爸居然能说出这么煽情的话，我仿佛听见那个永远不曾表扬我的老爸在对我说“你真了不起”。

其实父亲和儿子之间的情感真的很特别。记得小时候，我爸从来没有接送我上下学，反而在上大学之后，他常常接送我上下课。

他固执地认为，以前没能做的事情，现在要通通弥补起来。他要用尽所有的时间、尝试一万种方法来好好待我。

在法国的时候，我很少跟他们通话，那是因为我觉得，通话的内容很贫瘠，无非就是先告诉他们我还活着，然后便是找他们要钱。虽然我自己也想了很多办法挣钱，可偶尔还是难免要向爸妈开口。

我知道，这一趟出国留学之行已经让家里相当破费，所以很本能地不敢打电话索取更多。大家凭借着这样的默契相处着，二十几年来如同形成

了惯性，也没有人提出要改，也没有人觉得有什么不好。可就在这一天，自己身体里所有的情感似乎都突然间汇集了起来。

一个人转机的时候，你会发现，虽然人生路需要独自走过一大部分甚至全部，但是你始终会有一个挂牵你、疼爱你的人，在默默支持着你的每一步、每一刻、每一分、每一秒。

其实我们从来都不是孤独的啊。

有一种东西，比这种突然而来的浓浓思念还要更为庞大，那就是德国的食物。

德国的食物分量都超级大，大到令人叹为观止。光是前菜就会让你抓狂，往往是色拉加个大蹄髈，主菜是一只鸡，甜品是一个 6 英寸的蛋糕。啤酒杯比福尔摩斯的脸还长……我总算能理解，为什么我可以在德国的童装店买衣服，为什么总有人说吃饭便宜，因为一份可以分给 2 ～ 3 个人吃！

如果说到治愈系美食，我觉得一定需要一个特殊的情境，比如独自走在慕尼黑街头的深夜，最好还下着淅淅沥沥的小雨，饥肠辘辘的你看见一家亮着鹅黄色灯光的小餐厅，里面的老爷爷和老奶奶英语说得不好，你比画半天才上来一口酸菜香肠锅。

没什么能比这一刻更让我感到幸福的了，那是漂泊的游子找到港湾的味道，那是回家的味道。在温暖的卤煮酸菜香肠锅里面，几乎可以细腻地感受到，那份温暖顺着口腔一路向下，包裹住整个身体。这时再舀一勺浓郁的酱料淋上去，无比治愈。

若要问我什么样的餐厅是好的，第一，不用等位；第二就是有温暖的力量。

德国酸菜锅

食材：

白酸菜 1000g
土豆 500g
洋葱两个
丁香 5g
胡萝卜两根
牛肉肠
鸡肉肠
鱼肉肠
腊五花肉 200g
高汤
香叶
黑啤酒
食用油

做法：

1. 锅里放热油，炒白酸菜，炒出酸汁，然后加入高汤慢炖。

2. 锅里放入整根胡萝卜、洋葱和丁香、香叶继续炖。

3. 炖上一小时后加入土豆（洗净带皮炖）。

4. 起锅前半小时加入肉肠和腊肉，肉肠翻煮过程中要不停用牙签插（因为德国的香肠大部分都是生鲜的香肠，如果煮的时候不用牙签插就会爆开，影响美观），让血水进入汤汁，炖熟之后会增添别样的混浊感和香味。

5. 起锅配黑啤酒。

德国酸菜锅

给爱人的甜品

我从来不说“耽误”二字，因为青春无论怎样度过，都是会被耽误的。能被自己心爱的人耽误，是运气。所以，我觉得，如果睁开眼睛看不到你在眼前，都算是考验。

很多人以为我有着相当丰富的恋爱经历，多到不胜枚举，不管是不是真的，我自己是不知道的。因为巨蟹座的本性决定了我是一个念旧的人，失恋之后，很长时间都走不出来。面对旧情，总会忘记曾经的不愉快，记住那些甜蜜的段落。从一开始，这对于我而言就是最头疼的事情——一个无数次伤害过你的人，你却仍旧爱着她，这该是多么自虐的一件事。

还记得给最爱的人写过两封信：

第一封于 2010 年 1 月 18 日 4:10:00

也许你永远不会看到，或者你并不想看。

“分手”这两个字，很感谢你终于说出口了。因为我终于可以停止欺骗自己，不用每天惴惴不安地想，自己做错了什么。

今天是我们时隔3个月之后的第一次见面，当我发现，从进门开始你的眼神就没在我身上停留超过5秒钟时，我们的对话除了大段的沉默与我的自说自话之外，好像就没有别的了。

才11点，我憋不住了，提出要走。我想跟你单独说几句话，你却想尽快把我送上出租车，我在车后座偷偷看你，发现你没有丝毫伤感，只是马上开始跟别的人发短信。我在车上一直哭，哭得司机连询问都不敢说出口。最后他还是问我，是不是遇到什么伤心事，我哽咽着，一句话也说不出了。

我一直在想，曾经那个叮嘱我要注意天晴下雨吃早饭不要赖床的人，好像从那一刻开始，便不存在了。那个曾经跟我畅想未来，要在30岁时和我去马尔代夫在所有人面前宣誓的人，确实不在了。

大概有两三个月吧，每天我都傻傻地等着电话。从前我们热恋的时候，晨间的起床短信、中午的吃饭短信是雷打不动的，中间也会无数次用短信表达爱意。不知道从什么时候开始，收到的短信越来越少，时间则变成了中午12点半，下午1点，3点，4点，或者只有“晚安”的那一条了。

那时我在想，如果有一天我不找你，你是不是就不会找我了呢?

后来的我们，很少有超过两分钟的电话了，很少有甜言蜜语了。从前你兴奋的语调，已经变成了不到半分钟就用“好嘛”迅速结束的通话。

我总是听到你略带疲惫的声音，告诉我说今天你又忙了什么，又有多少事情堆着没做完。

我耐心地听着，我从没强迫过你做任何事，我永远无条件地支持你、开导你。

我做这一切，只是为了换来你的敷衍，除非你觉得就连敷衍我都显得特别没必要。

我曾经说过不再想这些问题，我不能把自己弄得像一个深宫的怨妇。你的朋友都告诉我，你是爱我的，可事实却是，我们像陌生人一般，冷暖自知。

我并不否定你对我的感情，可是相比于我对你付出的，好像差距确实是有的。

或者我现在写这封信，又像是要开始无理取闹了。我应该考虑到你的心情，当你忙碌的时候，我不应该又来跟你说这些问题。可是你知道吗？很多时候，我的心情，只能跟一些不相干的人提及。我每天都只能傻傻地通过星座麻痹自己，听着运程告诉我，我们很相配，你很爱我，我很爱你。

又到午夜了，我好像又回到了等你灰白头像点亮的日子，其实我已经习惯了这样的等待，有一天，你多跟我说了几句话，我都会觉得惴惴不安，我怕你说“分手”，因为我扛不住。

可是，我一直害怕的东西，还是就这么来了。虽然之前的征兆已经特别明显。

我想我已经爱得够卑微了。我在宠溺你，宠溺到可以完全忽略自己感受的地步，我从来未曾觉得自己如此危险过，因为我发现我连自我都遗失了。

可是没有办法，好像无法改变这些了，我只能努力寻找话题，让我们彼此看似还充满着小温馨、小甜蜜。哪怕我们之间的对话，常常是我的独角戏，而你，只给予我若有似无的回应，我就满足了。我喜欢自欺欺人，喜欢沉溺于过去，却又不敢开诚布公地解决。

我一直给人展示我开心的一面，我对每个人都微笑，我不想让你听见我内心的焦躁与不安，我每次都尽量用幸福甜蜜的语气与你说话，我用笑声掩饰了我心里所有的不开心，因为你还在我身边，我就觉得还有希望。

说实话，我对自己并不是很有信心的，因为我不知道自己是否已经成为你心里最柔软最重要的部分，不知道，你是否能与我感同身受，抑或是你会把我当成你自己一样。

我很怀念过去那种为你写文章时幸福满溢的味道，我怀念输入文字时，在键盘上欢快飞舞的手指，而不是像现在这样，我还得抽空去擦拭一下眼角的泪痕。

想起我给你写生日祝福的时候，一字一句都认认真真，一笔一画都仔仔细细，我从没做过那么有成就感的一件事，可是今天，我却要为如何丢弃我三个月的心血伤透脑筋。

你曾说过，我们是心有灵犀的，那此刻你是否能感受到我十分之一的不开心或者苦楚？

面对未来，我一向是很有把握的，从一开始，我就认定了你是与我一起走到最后的人。如果幸运的话。

可是那天我们在探讨这个话题的时候，你仍在走神儿，你已经在逃避了，我只有自圆其说，默默吞下话头。

原来你曾毫不避讳地告诉我你想我你爱我，可是大概有太久，我没听到过了。我抱怨了一次，恢复了两天，可两天之后，又好像雨过无痕一样，了无踪迹。

我不愿靠祈求或者吵架才能换来你的一句“我爱你”。

那天，不知不觉就给你买了一袋子东西，什么都有。我总是在想着你的，无论我在买什么东西的时候，我都在想，什么适合你，什么你会喜欢，我又不能打电话问你，我怕打扰你正在聚精会神处理的工作，便只好悄悄买下，不知不觉就有了一大堆。我并不指望你能喜欢，只是希望你看到我的一份心意。

我一直都在盼望放假，我一直都想着也许见面就好了。我们还会像以前一样，开开心心地走遍大街小巷。不过我没能等来这些幸福的场面，只是在见面3小时之后，收到了你的短信。你说，我让你累了，我也觉得累了，原来我不仅让自己累，也让你累了。

你曾经说过，你有不好的地方，让我一定要告诉你，你可以改；你也说过，我如果可以找到更好的，我可以走。可是我发现，我已经找不出比你更好的了……

我不写了，我已经写到无力了，我怕我自己会收不住。

已经记不得是第几次在半夜惊醒，在梦里，你微笑着同我告别。我不会挽留，因为我相信你做的每一个决定，都是经过深思熟虑的，感谢你说在乎我，至少在最后我觉得自己被爱过。我即使很不愿意面对这一切，也终究逃避不了。

感谢你曾经给我的美好回忆，至少够我去法国回忆几年，如果几年之后，我们能够微笑着见面、拥抱。我将告诉你，曾经有一个人，这么爱过你，再也不可能有这么一个人，像我这么爱你。

第二封于2011年8月15日 8:45:06

吃过一次屎，还有人要吃第二次吗？

对于这段情感，我已经记不起太多。回头看这封信的时候，我也会想说，

人生总归需要一些成长的经历，需要一些错的人来让你认识到错的自己。在那段很难熬的时间里，我仿佛用尽了前些日子所有的难过堆积出一个连自己都讨厌的自己。连朋友的安慰也无济于事，因为自己无法解开的结只能靠时间慢慢梳理。

我开始接触甜品。我觉得它对于我来讲是代表快乐的东西。不管是看上去或者吃起来都会有幸福感。很多人是看不出我的伤心或难过的，因为我跟很多人一样都有一个共同点，很喜欢笑。高兴的时候会哈哈大笑，笑得锣鼓震天花枝招展；遇到一些难过的事情，就算是很难过很难过，你也不会看到我哭泣，最多看见那平常张扬的笑化为微笑，然后嘴唇微张：“没什么，都过去了。”好像天大的事情都雁过无痕，与世无争。

但凡遇到跟我一样的这种朋友，我都不知道如何去安慰他们。因为即便是我拍烂了桌子要抱不平，他们也会对外收起私下的泪痕，反而安慰你：真没什么！我觉得还好。其实若是真的老友，就不应该去触碰这些伤痕。很多事就像今年的夏天，一去就不再会回来。这个时候，我通常做的，就是陪他们聊聊天，端出一份甜品，静静地陪伴。

朋友总问：你为什么老喜欢做甜品呢？

我总说不好。就像是奶油的浓稠甜蜜，巧克力的丝滑香甜，杏仁的焦糖芬芳，草莓的娇羞可人……我生平所见到的学到的看到的最美好的词语，都可以用到一个地方的时候，那就是甜品了。它是唯一千变万化，或浮夸或朴实，任意游走，也不招人讨厌的奇特存在。曾经在甜品店工作的时候，每每一早的疲惫都会被客人的笑容一扫而空。如果全世界还有什么能让人忘却忧伤，那一定就是甜品了。因为就算你哭，它也会是甜美和幸福的。

曾经有人要我用甜点形容另一半，我会毫不犹豫地说出：芝士蛋糕。那种看似朴素的外观，可以朴实无华又可以点缀得花枝招展，但是从入口的第一秒开始，你就会被那种毫不保留的幸福感包围。若是相伴余生，我愿沉溺不醒。

其实，人都会有悲伤的时候，会有那些难过的坎儿。如果沟壑中填满奶油，嫌隙中充满糖霜，是不是觉得残酷的世界又多了些善意呢？

芝士就是力量

做法：

1. 你们想吃芝士蛋糕，但是又怕长胖，哪里关本宫的事情！明明是自己身子弱，身子怕胖！戒不了口就别来问本宫什么方子清淡素雅！本宫从未想过要你们自己吃出来一个孩子！！你们要相信本宫！！

2. 这是今日皇上赏赐的芝士，东西是极好的，奶香浓郁，想也是你们这般狐媚女子没见过的。本宫取了一半 130g 就已经觉得是对你们莫大的赏赐了！这可是皇上对本宫的专宠！

3. 这可是本宫差芝答应去小厨房取来最好的 80g 低筋面粉，皇上都说这儿的饮食可是宫里最好，断断不能失了排场。

4. 自然这芝士是少不了牛奶鸡蛋的。低脂奶 80g，蛋黄两个。不要再来烦本宫为什么要用低脂奶！如果你想跟安凌容那个狐媚妖精一样吃麝香丸维持身材以图狐媚皇上，本宫也只有笑而不语了！

5. 蛋奶合一搅拌出泡沫，就像皇上赐给臣妾的欢宜香，丝滑幽香，美不胜收。

6. 分两次加入低筋面粉。这里断断是要听本宫的教诲。叫你用两次，就休想偷懒。不然给我拖去慎刑司好好处置！

7. 将贡品芝士加入其中搅拌。此时的芝士已经放置至室温，里面变得绵软，所以正是最好的时机。要不是看哥哥和皇上的面子，本宫断断是不会拿出来跟你们分享的！

8. 成糊状即可，本宫再次劝各位势必要搅拌得非常均匀柔滑！像极了本宫这柔滑的腰段，翩翩起舞。本宫独宠后宫这么多年不是没点儿本钱的！

9. 哼！这些狐媚妖子又趁着春天给我出来勾引皇上！这才些许挂上日头的太阳，

PHILADELPHIA
PHILADELPHIA

做法：

就按捺不住性子穿些肚兜出来走动，真是不知礼仪廉耻！芝答应，给本宫加 60g 黄油！狠狠地加，然后守着她们给我乖乖服下！

10. 颜色这么类似，想必也是防不胜防！哼，想跟本宫斗，再去凌云峰上修炼几年再来！

11. 刚刚两个鸡蛋的蛋白加白糖 50g 打发！要不是本宫最近财政紧张，怎么还由着性子用这剩下的蛋白。

12. 蛋白打发可是有诀窍的。本宫的秘方是加入少许盐，打出的蛋白如我雪白的肌肤，吹弹可破，白如雪，凝如玉！

13. 看！如果唯本宫马首是瞻，自然是少不了你们的好处的。如果学曹贵人，吃里扒外，本宫做鬼都不放过你们！

14. 再搅拌刚刚放入的芝士酱。看本宫如此内外兼备，哪里是甄嬛那个贱婢能够相提并论的，也搞不懂皇上迷她哪般？！

15. 放入模具。此次采用的是水浴烘培法，是本宫小厨房新近采取的工艺，就是在烤盘下方放上水，然后上下火 150℃烤 45 分钟即可。用此法是为了受热更加均匀，也可以控制温度不要过高。

16. 这是脱模具后背面的样子。这样看就是极好的。既没有上色，又已经熟透。像极了本宫这如花年貌，既有成熟的高雅风韵，又有少女的娇羞甜美！

17. 我要赶紧给皇上送过去。不过这样怎么能提醒皇上知道本宫的心意？当然是要放上一朵幽兰了。哪知世事无常，皇上！你害得世兰好苦啊！皇上！

芝士就是力量

普罗旺斯之旅

普罗旺斯是我漂泊小半生，走遍了半个地球，好不容易才碰到的一次奇迹。

如果有人问我，全世界有哪些不能错过的地方？我会说，除了大堡礁，就是普罗旺斯了。

借用矫情的“紫菱小姐”的台词：“我是坐着这样的马车，走在这样的林荫大道上，我开心得晕了，陶醉得晕了，享受得晕了！”所以，我就晕车了。

其实，自从来到普罗旺斯，我就一路晕车。进了梦园，我晕；看到了有珠帘的新房，我晕；看到古堡，我晕；看到种薰衣草的花田，我还是晕；看到山城，我更晕。反正，我就是晕。

对，晕眩绝对是进入普罗旺斯后的第一感觉。铺天盖地的薰衣草田散发出浓郁的薰衣草香味，配上眩晕的太阳烘焙，整个人仿佛都置身于巨大的薰衣草味灭蚊器附近。稍微多待一会儿就想要一觉睡到天亮。

说实话，在此之前，除了在婚纱照里看见过被修图师傅 PS 进画面里的薰衣草田，我是没有去过任何正儿八经的薰衣草田的。眼前的薰衣草田，一眼望不到边际,若说感觉像置身在紫色海洋里面,倒是一点儿都不夸张的。

我无法用很华丽的辞藻去形容它的美，因为我真的是第一次见，见到一直被人在书本上描绘的，人们口口相传的薰衣草田。在这里，你会想低头采撷，你会想赤脚游览，你会想躺下冥想，但是碍于薰衣草那扎人的质感和浓烈的香气，只好通通作罢。

去普罗旺斯必须要开车,因为花田所在地周围没有任何公共交通设施。而且要去找当地的旅行团带路，方能找到那片一侧是薰衣草田、一侧是向

日葵花田的神奇地方。

说完了薰衣草的澎湃，其实向日葵花田也是美得让人震惊。7 月份的花田里，向日葵已经开始结籽，一个个都半垂着头，甚是娇羞。

很多人兴奋大叫，很多人穿着婚纱在花田里痴痴地笑着，只有在最接近自然的时候，人们才是最放松的、最快乐的。这个时候，你会忘记一切烦恼和不开心，尽情享受这一刻与大自然的亲密交融。

普罗旺斯的食物继承了法国南部菜肴的特色，各式各样的香料：迷迭香、罗勒叶、牛至叶、鼠尾草都大量地使用。菜式上却区别于巴黎菜系的浓郁奶油，更接近意大利菜系的简单香郁。当然，薰衣草大餐也只能在普罗旺斯吃到。包括加薰衣草酱汁的牛肉，还有薰衣草沙冰和饼干等。

怎么讲呢，这注定是我在法国最开心、最难忘的一段经历，它让我感受到旅行所带来的快乐，同时也让我收获了亲眼见到如此美丽的薰衣草田的惊喜。总之，对于我来说，吃好喝好就是旅行的意义。

普罗旺斯，一直是属于梦一般的存在。很多人可能之前有个误解，普罗旺斯是一个旅游景点，但是确切来说，普罗旺斯是属于一个类似于中国行政省的地理区域名词，它更像是山东之类的称呼。那么就法国独特的地理，普罗旺斯福泽于南部的蓝色海岸区域，并且现为法国东南部的一个地区，毗邻地中海，和意大利接壤。普罗旺斯位于法国南部，从诞生之日起，就谨慎地保守着她的秘密，直到英国人彼得·梅尔的到来，普罗旺斯许久以来独特生活风格的面纱才渐渐被揭开。在梅尔的笔下，“普罗旺斯”已不再是一个单纯的地域名称，更代表了一种简单无忧、轻松慵懒的生活方式，一种宠辱不惊，看庭前花开花落；去留无意，望天上云卷云舒的闲适意境。如果旅行是为了摆脱生活的桎梏，普罗旺斯会让你忘掉一切。

整个普罗旺斯地区因极富变化而拥有不同寻常的魅力——天气阴晴不定，暖风和煦，海风狂野，地势跌宕起伏，平原广阔，峰岭险峻，寂寞的峡谷，苍凉的古堡，蜿蜒的山脉和活泼的都会，全都在这片法国的大地上演绎着万种风情。七八月间的薰衣草迎风绽放，浓艳的色彩装饰着翠绿的山谷，微微辛辣的香味混合着被晒焦的青草芬芳，交织成法国南部最令人难忘的气息，一见便叫人心旷神怡。这次小宝我选择的是小城阿维尼翁（Avignon），同时这里也是电视剧《又见一帘幽梦》的法国拍摄地。坐法国高铁从巴黎出发车程仅仅为三个半小时。但是薰衣草花田的分布并非位于市区，所以想要看到最美丽的薰衣草，必须要自驾前往，当往艾克斯（Aix en Provence）方向行进大约 1 小时 30 分钟的时候，道路两旁的向日葵和薰衣草，如同梦境一般突然出现，绵延一片，整个大地变为金黄色和紫色的

点缀分割。你会觉得，浪漫，不过如此！沿着这个方向行进，你还可以发现法国南部最漂亮的湖泊——圣十字湖。这里的水质堪比泰国的普吉岛，碧波荡漾，清澈见底，在行进了一天之后，下午在这里摇船停泊，戏水嬉戏，不失为夏日放松最好的清凉之选。

普罗旺斯风中的香气不能只用紫色薰衣草来汇总，因为这里有那么多能使嗅觉快乐的东西。就算不可能全部了解普罗旺斯的香，人们有必要前去普罗旺斯亲身体味几种这里特别的味道。在普罗旺斯的小路间穿梭，特别是在马赛闲逛的时候，人们会很快地认识一种当地的特产：马赛肥皂。制造一块传统的马赛肥皂需要至少 3 个星期的准备时间，主要的生产原材料是植物油。可以说马赛肥皂是普罗旺斯人对芳香的热爱的一个见证。另外，此地所贩售的薰衣草蜂蜜以及各种特色纪念产品，都以极其低廉的价格贩

卖，大家一定会买得不亦乐乎。

许多人常用三种食物代表普罗旺斯的烹调特色：橄榄油、大蒜与西红柿。走在普罗旺斯，触目所及几乎都是绿油油的橄榄树，此地可以说是法国橄榄油生产的重镇，不仅造就了别致的景色，也提供了居民营养所需的油脂。橄榄也顺理成章地走入每家的厨房，橄榄酱（tapenade）即是最佳范例。

橄榄酱

将大蒜与鳀鱼（anchovy）分别切碎，加入洗净的酸豆（capers）、百里香、香薄荷（savory）和柠檬汁，用食物料理机打匀，徐徐倒入橄榄油，并以胡椒调味。做好的橄榄酱涂抹在稍微烘烤的面包上就是最地道的开胃菜，而以橄榄酱做成的法国面包更是普罗旺斯的特产。下面所推荐的这道菜就是以橄榄酱与面粉混合所烤制的面包棍，搭配鳀鱼与黑橄榄小粒的地道美食。

大蒜美乃滋

大蒜美乃滋常被人称为普罗旺斯的奶油，可见其受欢迎的程度，如同名字的直接翻译，就是美乃滋与大蒜的混合，简单得不得了，但是搭配的食物可是洋洋洒洒，从沙拉、蒸鱼、到各色龙虾，都能搭配得宜。

回归巴黎的苦悲

对我来说，烹饪如同长期的恋爱，有庄严的时候，也有偶尔荒唐的时候。

不知不觉来巴黎将近一年了。每次结束旅程回到巴黎的时候，我总会觉得是忧伤的。我跟每个人一样，第一次看到埃菲尔铁塔的时候整个人都快飞起来了，从各个角度不停地闪动相机，誓要把埃菲尔铁塔的影像塞满4G的内存卡，一定要独家占有它的方方面面。

当我每日提着沉甸甸的刀具奔波在埃菲尔铁塔下的时候，在每次坐地铁看着它在窗子边飞快划过的时候，才发现退去新鲜感之后，你需要慢慢重新爱上这座城市。

有时，偶尔有阳光倾泻于这座城市，我们围坐在巴黎街角的小咖啡厅，在和煦的阳光下抬着脑袋看着埃菲尔铁塔。有那么一瞬间，你会觉得这就跟电影里面出现的场景一模一样，就那么真实地触碰着。

其实更多时候，你要面对的是比电影情节更夸张的孤寂和难过，就像在出演一出身边随时都会有人跑出来喊“CUT”（停），但是却怎么也无法暂停的戏。

每次逛巴黎总会有不同的惊喜，它琳琅满目的小店会让你觉得为什么分类会细碎到这个程度。可不管是如何有意思的小店，也无法让我忘记记忆最为深刻的经历之一——剪头发。

其实这是困扰了我很久的问题：第一是因为太贵了！在法国剪个头发，一般要花上 28 ~ 35 欧元，这个价格可以吃三顿非常好的法餐了；第二是语言沟通的问题，我每次都只能用贫瘠的法语说：“老板，交给你了啊。”“老板，你随便吧。”“老板，是你的 SHOW TIME（表演时间）啊！”结果很多时候都剪得乱七八糟。剪了这么丑的发型还花了那么多钱，自然要郁闷很久。

有人说，索性你就留长发好了，回国一刀剪，但是对于厨师而言，长头发是多么麻烦的一件事。

当然，巴黎还有亚洲的理发师，一种是日本的，比普通的价格还要贵双倍；还有一种是温州理发室，大概是10欧元，但是要提前预约，因为这种店往往设在他们租的房子里，过去一趟特别远。

蓝带的学生里有一个中国人，之前是化妆师，为了追求自己的美食梦想而来蓝带学艺。他信誓旦旦地告诉我可以帮我剪头发，然后就操起我们学校剪肉的厨房剪，厨房剪哦！咔嚓咔嚓就给我剪了。第二天，我的室友哈哈大笑："你的头发为什么后面是梯子！跟梯田一样参差不齐。"直到那一刻我才知道那个化妆师为什么要转行。因为他的"卓越技艺"，害得我还是花了30欧元去理发店补救。

为了长期省钱，我又在超市买了一个电动理发刀准备自己剃。结果充好了电，自己在卫生间里剃头发的时候，理发刀被头发卡住了，不仅剃刀报废了，整个头发也被拉成了犹如鬼剃头般的效果。然后我再次去理发店补救。

理发师很诧异怎么会弄成这样！我非常不好意思："刚刚睡着被淘气的孩子用剪刀剪的。"他一边强忍着笑一边帮我把头发剃成圆寸。我整个心都在淌血，30欧元啊。

为了头发，我没少折腾。后来因为戴厨师帽的原因，也不太管它了。这个时候，我开始进入蓝带最紧张的高级厨师培训阶段。我觉得有点儿像大四的感觉了，日子每天都在按部就班地过着。最后一道菜便是我的毕业设计，对于我来说，这其实是很兴奋很激动的，好像是做实验的小孩子把所有东西堆积到一起，然后变出可口的试管泡沫。

为了完成毕业设计，我没少上菜市场，家里的室友也伴随着我各色搭配的菜一路成长着。不管是腐乳拌色拉，还是三文鱼马卡龙，这些在现在被叫作黑暗料理的东西我都没少做过。

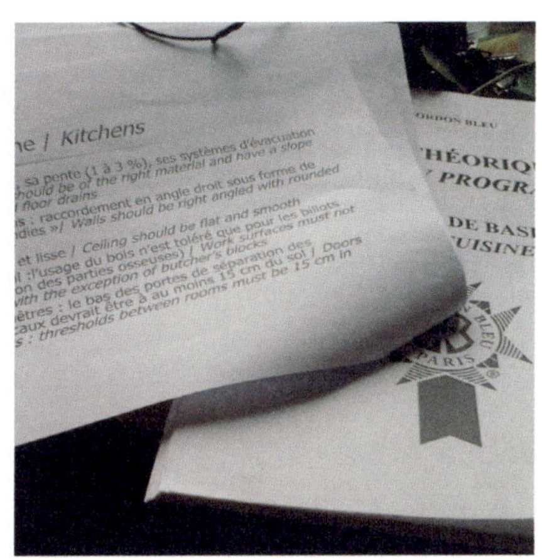

对我来说，很多时候，完全不能搭配的菜是不存在的，只要你试过，愿意用合理的搭配方式去调和它们之间的关系，就有可能会是一道美味的新菜，给你带来意想不到的惊喜。

所以，大家在做任何料理的时候都不要害怕，当你觉得某种搭配方式会让菜品更加美味的时候，你就要勇于去尝试，然后想办法去改进，多多思考如何为这道菜画龙点睛。但是，在你确认完它的味道之前，最好不要把它给你爱的人品尝，因为对方很可能会因此跟你分手。哈哈！

撑到了蓝带毕业考试，这对于我来说是人生中最为重要的一次大考试，

非常大，大到让我觉得比高考还大。如果考不好，第一肯定是钱的问题，因为这意味着我的所有花费都白搭了；第二是如果考不过，我爸妈肯定要跟我断绝关系了。

其实这两点都是我自己在吓唬自己，我内心最纠结的完全是因为觉得自己过来吃了这么多苦，受了这么多委屈，如果还考不过，岂不是一切都白费了？于是我换上了我代购的红色秋衣秋裤奔向考场。

在路上，我一直在期待今天会做什么样的菜，那一刻的我，仿佛是一个巨大的美食搜索引擎，要把中西各类菜谱融会贯通才行。

早上，老师把盛放食材的篮子拿出来的时候，我整个人愣住了：猪排，甜菜根，牛肉，蜗牛，还有很多杂七杂八的蔬菜。我们要做 4 人份的菜，一共 8 样，这 8 样菜要在两个半小时内完成，而且篮子里所有的食材都要用到。

具体的忙乱程度每个人都不记得了,我只记得我端着一盘烤制的蔬菜,为了赶时间就用围裙随便包了一包，这个时候，前面一个硕大的老外挡住了我的去路，我就说：“麻烦让一让！”可他却完全没有反应，我感觉到手指处已经开始有灼热的温度传过来，我不能扔啊，扔了我就死定了!

我冒着手指被烤煳的危险，大声叫出来：“让！让！啊！”撕心裂肺的叫声吓坏了所有人，果不其然，手指被烫出了几个大泡，赶紧放进冰里泡着，还不时用水冲洗。简单地处理过后，我开始忍着痛继续完成考试。

这个瞬间应该被我永远记住才对。在那个小小的厨房，一个手指带着泡的少年，忍着痛切着一道道菜，多么让人感动的画面!

其实在那一刻，我是不觉得痛的。心里一直在想着要做快做好。考试结束，我也不知道自己怎么就稀里糊涂地毕业了，怎么就稀里糊涂地拿了全校第三，怎么就稀里糊涂地在毕业典礼上哭了，怎么就稀里糊涂地在法国度过了一年多的时光。

记忆是一个很神奇的东西，你总会记得一些瞬间，它可能是快乐的也可能是难过的，但是它一定是你想记住的瞬间，你一定可以通过这些碎片拼凑出来完整的画面。那些伴随你生命走过的人和事，就这么淡淡地向身后匆匆流去，一去不返，幸好记忆里还留有这些碎片，供我们怀念。

毕业典礼时，我们这些毕业生把厨师帽一起高高地甩过头顶，然后看着厨师帽落下。那场面就跟所有的大学毕业典礼一样。大家都换下了厨师服，穿着华服抱头痛哭，其实厨师也是有血有肉的，他们不是切菜炒菜机，

他们也有喜怒哀乐，他们也珍惜每一份情感，在我看来，这是作为一个厨师最基本的素质。

回想在蓝带的日子，我觉得一点儿都不神秘，一点儿都不电视剧。它摘下所有的神秘面纱之后，就是一个历史很悠久的学校而已。神奇之处是，它让一个厨房白痴变成一个能做许多美食的师傅。不管甜品也好，法餐也罢，总归你饿不着，你会觉得自己有了手艺，你会在所有的聚会上很骄傲地说：我是一个厨师，我爱做菜。

对于我而言，这些就足够了。也许靠这门手艺谋生会很辛苦，但是学会了之后，一辈子都饿不死。这不是挺好的吗？

法式焗蜗牛

做法：

1. 蜗牛烫杀，去除肠子等部位洗净，加盐、料酒（白兰地）用手抓一抓，再次洗净。

2. 再次加入盐、白胡椒面儿、料酒，以及百里香叶子进行腌制。

3. 准备面包，法棍切片抹上橄榄油和一层蒜末，进烤箱（上火、180℃、5分钟）。

4. 小火加热黄油，加入小洋葱末，接着加入法国黄芥末，再加入奶油、一点点水，然后加入蜗牛一起煮。

5. 罗勒和蒜末一起与面包糠抓匀。

6. 蜗牛煮到一定程度后加入一些盐、糖，和略多的白胡椒面儿，略微收汁（不要太干，也不要太稀）。

7. 将蜗牛肉填入蜗牛壳，留一点点汁，接着填入一层“步骤5”，用车打芝士封口。

8. 蜗牛口芝士部位朝上，放入烤箱，220℃，顶火，上层，5～8分钟。

9. 将之前锅里剩余的酱汁加热，浇一些到蜗牛肉上，然后和烤好的面包一起摆盘即可。

法式焗蜗牛

环意大利之旅

明天就要出发去意大利，正式展开我的毕业之旅。

有人说，我总是在马不停蹄地四处游玩，其实我只是想趁着这么好的机会，尽量多地去感受这些从小到大只出现在书本上的东西。另外，把行程安排得更紧一点儿，才可以尽量缓解所需要承受的各种孤单和寂寞。如果有人问我，该怎么做才能更容易静下来看到身边所缺失的东西。那么我会回答：在路上。

毕业旅行选择意大利，并不是因为什么特别高远的志趣和念想，而是因为刷廉价航空机票网站的时候，发现这班飞机来回是特价，于是义无反顾地定下了。

偶尔非常怀念这种生活，出发去某处的理由仅仅是因为机票便宜，从来不做任何攻略也没有预定任何行程，就这么说走就走地跟着两个挚友踏上了去意大利的旅程。

出发去意大利的那一天，我们三个人都兴高采烈。起程前往一处从未抵达过的土地，心情总归是雀跃的。

我们坐上最早的巴士到达巴黎偏远的鲍威机场，还幸福地坐下来吃了一个奢侈的甜甜圈和一杯拿铁。可当我们发现，离登机时间只剩下 45 分钟却还没出现登机口的时候，一种不祥的预感出现了。

会不会是来错了机场？不会啊！上面明明白白写着是这里啊！

千不该万不该，我们不该没事先调查清楚这个机场居然有两个航站楼！我们在一号楼，飞机在二号楼！

这个时候，我们三个人，飞奔着冲过去，手里的咖啡洒了一地，甜甜圈还叼在嘴巴里，像极了电影里荒唐的情节，可是却并没有如电影里表现的那样，在经历了曲折的过程后顺利登机。任凭我们磨破嘴皮，那个工作人员始终重复着一句话：“对不起，已经关闭系统了。你们无法登机！”

飞机坐丢了！

一件真难以相信却又实实在在发生了的事情。我们大清早 5 点从家里出发，竟然还能错失一班 10 点起飞的飞机！

人总是善于安慰自己的。我们不断安慰自己这班飞机很可能要失事，完全不顾机上几百名乘客的死活。当然，这只是玩笑话，事实上，我们只得又多花一张机票的钱，改签晚上 9 点的飞机。这意味着我们要在这个烂

机场，耗上整整 10 小时。

意大利之旅第一天的行程，竟然是在法国机场。我们原本安排的罗马斗兽场之行，变成了法国郊区机场一日游。为了度过枯燥而漫长的时光，我们竟然开始满机场地找扑克牌。结果找了快半小时也找不到。于是，我们秉承着“自己动手丰衣足食”的原则，用机场的免费指南画出了整整 54 张扑克牌，可想而知是多么多么无聊。

我们打着地图扑克，在机场看着飞机起降，一天的时间就被耗尽了。终于等到登机的时候，我们三个人跟逃难一样率先出现在登机口，生怕再次错过飞机。这估计是一种病吧。

罗马那边的酒店已经打电话过来确认了，不管多晚，晚上都会来机场接我们。这个时候，我们登上了欧洲极品的廉价航空。

廉价航空虽然票价很便宜，但是你也享受不到任何的服务，就连打印登机牌都是要收费的，托运行李也就更不在话下。

我们每个人都提着一个书包，进飞机舱门的时候有一个铁筐，框子有一个固定的尺寸。如果你的箱子或包能塞进去，它们就可以免费登机。于是飞机上上演了很多人塞得进去但是取不出来的戏码，只好乖乖地去办理托运。

上飞机后，所有的东西都要付费，就连厕所旁边都设置了一个投币孔，投了币它就开门。所有的水和饮料都是要收费的，空姐全程不服务，并且一直在贩售一些意大利的土特产。飞机调整过座位，所有的位置都比正常航空的更窄更挤，我后面甚至还有乘客脱掉了鞋，恶臭满盈。当然更奇葩的是，我好不容易睡着了，空姐竟然在贩售阿玛尼香水的时候，举着香水瓶子在每一排座位喷洒。窄小的机舱内，散布着奇怪的体味和香水味，而

且还是6款不同的香型。我记得，那是我第一次在飞机上呕吐。

经受完这样的折磨，我们跟逃难一样下了飞机。此时已经快午夜了，我们是最后一班飞机。机场静悄悄的，听见铁门拉开的声音，就像是要关闭掉整个世界似的。

很快，我们看见了酒店派来接我们的司机，一个意大利小伙子，胡子都快把整张脸遮住了。他过来帮我们把行李放到后备厢，然后直奔酒店。

他英文不好，全程也没有跟我们多做交流。我们三个人只记得，车子行驶在一条漆黑的双车道，路上几乎没有路灯，道路也是无比蜿蜒曲折。可这么艰难的行车环境并没给那位意大利小伙带来什么困扰，他照样肆无忌惮地一路狂奔。我瞥了一眼时速，竟然达到了140km/h，看到这个骇人的数字，我们三个人都不敢大声讲话。

我悄悄地说了一声："你们猜我们会不会被他拖去卖掉？"邻座两个朋友一个白眼翻过来："估计还没卖掉，就先被撞死了。"还好他技术过关，我们到达了酒店。酒店建立在一个看起来有一千年历史的建筑中，我坐着有生以来见过的最小的电梯回到自己的房间，终于睡下了。睡前我还打开窗，看了看窗外的路牌——梵蒂冈。

墨鱼面

食材：

意大利面 100g
墨鱼 320g
墨鱼汁 5g
洋葱碎 150g
大蒜末 100g
橄榄油 50cc
番茄酱 80g
辣椒 15g
白酒 100ml
香芹 10g
盐适量

做法：

1. 将墨鱼的墨囊取出，囊剪开倒入半锅水中，过滤其沉淀的杂质，约 2~3 次，然后取一小锅，倒入处理过的墨鱼水，加入墨鱼头及白酒，先用大火煮开后转小火熬煮 3 小时，最后再加点儿盐调味，捞起墨鱼头，仅取汁即为墨鱼汁备用。（也可以用现成的墨鱼汁）。

2. 将取出墨囊的墨鱼清洗干净，头部切碎，身躯切段备用。

3. 取一中型锅，放入适量的橄榄油、洋葱碎、大蒜末炒香，再加入白酒、做法 1 中的墨鱼汁和墨鱼头，一起以小火熬炖 2~3 小时做成墨鱼高汁备用。

4. 取一深锅煮水至滚沸，加入一勺盐和橄榄油，放入意大利面煮至软硬适中，捞起备用。

5. 用一平底锅，放入适量做法 3 中的墨鱼高汁、做法 4 中的意大利面及番茄酱，拌炒均匀，待汤汁略收干时，盛盘后撒上大蒜、香芹末即可。

墨鱼面

罗马

第一天的计划是在罗马城里闲逛，那是从斗兽场到整个城市的徒步游。

罗马带给人的感觉跟巴黎带来的感觉完全不一样，原本以为，巴黎都已经像50岁的老头了，没想到罗马看上去比法国的年纪还要更大，像是躺在床榻上将要死去的人。其实这两个比喻是比较不恰当的，罗马自然有它独特的美。在烈日下，城市呈现出一种非常古朴非常原始的美，再配上一些扬起的沙尘，倒是有种穿越剧的感觉。

我买了一件印着“I LOVE ROMA”（我爱罗马）的衣服，跟所有的旅行者一样，绕着斗兽场漫步一圈，路途中好像听见了里面传来的厮杀战斗声。

我想不起《角斗士》里面的情节，也记不起历史书上的记载。对于这

种标志性的建筑景观，你需要看一眼，用手掌摩挲一下它粗糙的表面，亲眼见一见，比看电影看书要真切得多，我觉得已然足矣。

很多时候，人总是觉得一定要看到某个建筑或者世界知名景观才会有旅游的感觉，不可否认，这几乎是所有旅行者的需求，总会有一个地标性的建筑深藏于旅行者的灵魂与记忆里。

但是，我绝不留恋它，看过之后就行了，权当完成任务。我这种肤浅的旅行者，更青睐于用味蕾来记忆一些曾走过的路。换句不那么文艺的话来讲，走到哪儿吃到哪儿。

在酒店拿过一份旅行者指南，里面推荐了一家百年比萨店。那家店所贩售的，是用最原始的石炉烤制成的薄底比萨。小册子上说，吃了这种比萨，

一定不虚此行。

我们按图索骥走了过去，原谅我不记得它的名字，我只记得它深藏于一个小巷子里，门口挂着深绿色的招牌，摆着深绿色的桌椅，桌子上盛放着各种颜色斑斓的小花儿。

那是我在意大利吃过的最好吃的比萨，好吃到我们一个人吃了一整个大号的比萨和三瓶他们自酿的葡萄酒。

没想到那种酒的度数是那么高那么生猛，看似是微甜的入口餐酒，酒劲儿却大得惊人。于是那顿午餐，我们足足吃到了晚上 8 点，因为三个人全都醉倒在了那家比萨店。

我们的护照和钱全都放在身边，却醉得不省人事，后来想起来可真够

吓人的。奇怪的是，从始至终都没有服务生来唤醒我们，老板也不曾摇醒我们埋单。等到我们睁开眼，外面已经漆黑一片了。

这很像《新龙门客栈》里面的情节，荒诞又好笑。酒醒之后，我们着急忙慌地检查随身携带的贵重物品，竟然一样没少。这个时候才想起来还没付账呢，一觉睡到 8 点也怪不好意思的，于是赶紧笑着跟老板埋单。他们没有表示出丝毫诧异，我们三个人面面相觑，总觉得罗马好像有一种神奇的力量，让我们与世隔绝了几个小时。

这算得上是一段奇妙的记忆，就跟《桃花源记》一样，后来我们又想去吃那家比萨，可是无论怎么走都会迷路，仿佛那个店再也找不到了，或者根本就没出现过。

趁着夜色，我们去了许愿池。这里有很多雕塑，却没有“希腊少女”。曾经，很多人在这里许愿，喷泉哗哗地涌着，仿佛有一种神秘莫测的气息。

其实我觉得它挺灵验的，当你许愿自己能够发大财的时候，那些快把池底给填满了的硬币可以让你立马梦想成真。当然这只是说笑，应该没有人敢对神灵的硬币动邪念吧。

之前我去任何地方许愿都是希望自己能顺利毕业，现在我已经毕业了，所以我投了两欧元，许愿世界和平。

来到罗马的日子才刚刚过去两天，可我却已经预见到，未来的每一天都会围绕着比萨和意大利面进行。所以想想未来的日子，还蛮感伤的。

来意大利，除了比萨和意大利面，还得吃这里的冰激凌。

意大利的冰激凌真心是全世界最好吃的冰激凌。特别要推荐“小天使”的开心果味，绿色的浓郁奶油并不是抹茶，它散发着浓浓的开心果香气，非常特别，成为我最钟爱的一款冰激凌。

而意大利的人就跟冰激凌一样幸福，走在意大利街头，你会发现每个人的脸上，满满都是幸福的光泽，如同西西里岛的风一样，洋溢着笑。

菠萝鸡肉无边脆底比萨

这次的比萨，首次尝试了薄脆无边的饼底，又薄又脆，口感真的非常棒。填满馅料的时候，顺手又抓了一把烤好的核桃仁撒在上面，没想到，就是这一小把核桃仁，却带来了意想不到的惊喜口感。难度：配菜（中级）　　时间：1 小时以上

食材：

高粉 60g　　酵母 1.5g
低粉 20g　　温水 40g
细盐 1.5g　　橄榄油 3g

鸡胸肉 50g　　核桃仁适量
奥尔良烤肉料 3.5g　　番茄酱一大勺
水 3.5g　　马苏里拉芝士 30g
菠萝一个　　比萨草少许

做法：

1. 将高粉、低粉混合，加入盐，酵母中加入水搅匀，将酵母溶液加入粉类，用筷子搅匀，倒入水，搅拌成松散状，静置 10 分钟后加入橄榄油，慢慢将油揉进面团，揉至扩展阶段，将光滑面团放入容器，盖上潮湿的纱布，放置温暖处发酵。
2. 待面团发酵至 2.5 倍大时取出，重新排气、滚圆，松弛 15 分钟。
3. 菠萝切丁，马苏里拉芝士切丝。
4. 将面团擀成圆饼形，直径略小于比萨盘，盖上纱布，放入冰箱冷藏半小时定形，取出放入已抹油的比萨盘，用叉子在饼皮上扎一些小孔。
5. 在饼皮上涂一层番茄酱，均匀撒 1/3 芝士丝。
6. 鸡胸肉切片，奥尔良烤肉料用水调匀，将鸡肉腌制 3 小时以上，腌制好的鸡肉片铺在比萨上。
7. 再铺上菠萝丁，撒上核桃仁。
8. 撒上剩余的芝士丝，再撒少许比萨草，烤箱 200℃预热，上下火烤 15 分左右。

小贴士：

1. 饼皮冷藏定形，可以防止回缩。

2. 饼皮放入比萨盘前，比萨盘要抹油，以免粘连。

3. 铺材料之前，将饼坯扎一些小孔，可以防止受热时饼坯膨胀。

4. 脆皮比萨面皮切记不要加糖，否则糖会增加面团中酵母的膨胀，无法达到饼皮薄脆的效果。

菠萝鸡肉无边脆底比萨

威尼斯的泪

以前很多次幻想过威尼斯的样子，很多很多。可当我亲自走到威尼斯岸边的那一刻，我才发现，之前所有的想象都是多余的，因为它的美，是我无法幻想出来的摄人心魄。

这次到威尼斯来，我们并没有住酒店，而是选择了中国人开的家庭旅社。价格不贵，最诱人的是，可以包早晚两顿饭。虽然这里的中餐不太地道，但是至少好过比萨和意面。

威尼斯的早餐一般是豆浆油条。这两种最司空见惯的食物出现在威尼斯的街头时，说句夸张的话，我的眼泪真的快要流下来了。

吃着家乡味道的早餐，游走在威尼斯街头，你根本不用刻意地跋山涉水寻找景点，威尼斯这座城市，最适合停下来发呆和漫无目的地散步。走过的每一步，都会有不同的风景。

我们手上没有任何旅游指南，也打听不到闻名天下的餐厅，依旧是带着闲庭信步的心情，找到了一家可以看见河流的餐厅。

这家餐厅位于码头附近。斜阳透过玻璃照进来，为每个用餐的人镀上一层金色的轮廓。我不记得这家小餐厅究竟是在“玻璃岛”还是在“蕾丝岛”，只记得跟朋友开玩笑说，这两个岛的名字也太搞笑了，朋友白眼翻过来说，你简直是够了。

我们点了招牌的墨鱼汁海鲜面和海鲜饭。黑黑的，好像煳了似的，没想到竟然意外地好吃。奶油的香浓，伴着海鲜的清甜，再配上现炸的洋葱圈就着啤酒，实在美味。

其实威尼斯的泪，就是好吃到流泪的记忆。

意大利海鲜饭

食材：

海鲜（虾、鱿鱼、青口贝适量）
大葱、胡萝卜、洋葱、
红花、芝士、奶油、
食用油、隔夜米饭、百里香、香叶、高汤、
白葡萄酒、盐、胡椒面儿、柠檬汁

做法：

1. 锅里放油炒洋葱碎末、胡萝卜碎，然后加入米饭开始炒，炒到米饭变半透明，加入香卷（大葱、百里香、香叶），放入高汤，再放入锡箔纸盒加汤没过米饭一点儿，加盖 160℃烤约 15 分钟。

2. 锅里放油炒洋葱，放入海鲜炒，加些许白葡萄酒，然后放盐、胡椒面儿，烧汁烩入米饭，加红花和芝士、奶油调味。挤入一点儿柠檬汁出锅。

意大利海鲜饭

比萨翡冷翠五渔村

离开威尼斯，我们起程去了比萨，看著名的斜塔。

在比萨斜塔下面，每个人都兴奋得像是神经病。大家为了配合斜塔的角度，摆出各种神奇的姿势来把塔“推倒”，殊不知照片里面看着蛮有趣的，可是现场整个就是一神经病俱乐部。歪着的躺着的踢腿的举肩的，都很好笑。

真正观光斜塔的时间，其实只需要一个小时，不管上去或者不上去，都不会留下遗憾，可是斜塔附近只有麦当劳却让人很是抓狂。

意大利的麦当劳很奇葩，首先，厕所并不是免费的，要先付钱，再输入收银条上的密码进入。另外，他们的全家桶分量大得惊人，38 个鸡翅的鸡翅桶以及 6 个汉堡的汉堡桶，这是要撑死谁呢?

接下来，我们要去传说中最美的五渔村。去五渔村之前要买火车票，这个时候，血泪的教训出现了，就算老老实实地买了票，上车之前也要记得去打卡机打一下卡。因为他们卖的票是没有时间段的，如果你买了票却没有打卡，这个票是不算数的。之前不知道这个规矩，当我们兴高采烈地经过打卡机的时候，还在诧异为什么这么多人排队打卡，当时碍于火车要出发了，我们来不及询问就飞奔上去了。

一路上的阳光甚好，我们正激烈地打着扑克牌，一个戴帽子的检票员走了过来，他是来查票的。我晃晃手里的三张票，意思是告诉他我们已经买票了，然后很开心地递过去。结果他看了一眼，用很蹩脚的英文问我们：“为什么不打卡？”这下我们才从扑克牌的快乐中恍然大悟！

我们解释道：“第一，我们不知道要打卡这件事，因为票上面全部是意大利语；第二，火车要开了，根本来不及。”检票员不依不饶地一定要罚款，当时我们也很生气，明明买了票，为什么还要被罚款？！

经验告诉我，在国外遇上这种情况，一定不能示弱，一定要顽强力争去反抗这些不公平的事。

这个时候，我开始用英语讲述自己的生平，告诉他我的求学生涯有多么不容易，来到异乡旅行经历了多少艰难。之前从来没逃过票的我，一番慷慨陈词，说得我两个同行的朋友都觉得眼泪要掉下来。经过将近 20 分钟的诉苦之后，售票员终于同意只收取 1 欧元象征性的惩罚，以此告诫我，今后要记得打卡。我回头想想，觉得这事自己也有些错误，所以我最终同意以 1 欧元买个教训。

买完教训后，同行的两个朋友说，没想到你小子这么能讲。其实很多时候，国外是一个很讲道理的地方，吃亏的人多数是吃哑巴亏，只要你敢于表达，就能够为自己争取一些权益。这种时候，你不要管自己身处哪个国家，只要你用语言表达出来，即便人家听不懂，可你的神情是可以感染人的。这是我受到委屈的时候唯一的解决办法。凡事千万不能带着“算了，就当吃亏是福”这种心态。多去争取一下，或许最终依然不如你所愿，但至少证明，你没有对这个世界上那些不公平的事情妥协。

处理好麻烦，我们终于可以重新坐下来，欣赏五渔村的美。

火车一路呼啸而过五座村庄，每个村庄都有各自的美景。这里的居民生活在这天堂一般的景色里面，每个人的脸上都写满了满足和快乐。他们快乐地劳作，有的出海打鱼，有的以画画为生，有的开小餐厅。其实比起巴黎人，他们都应该属于没有什么大抱负的人。

在这里，没有汽车没有高级成衣店没有奢侈品店，但是他们却比别人拥有着更为恬静和幸福的生活。特别到了入夜之时，华灯初上，每家每户亮起星星点点的灯光，照亮整片山麓。山下林立着五颜六色的小房子，人们在这些房子里休憩，枕边回荡着海风和海浪声。这个时候，总能让外来的我们产生一种想要归隐的感觉。

这里的生活简单到一碗一茶都没有任何多余的累赘。很多时候，当我们为了追求所谓的生活品质做着加法的时候，五渔村的人都在为生活做着减法。

我有一个坏习惯，出远门的时候总喜欢带上很多很多的东西，行李箱总是满满当当的，可是当到达五渔村之后，你看到每个人的幸福感仅仅依赖着一盏昏黄的蜡烛灯时，你会发现，其实生命中有很多东西都是多余的。

来到五渔村，原本认为无法放下的很多人很多事，到了某一刻，它们都会显得那么的微不足道，微小得如同面前的烛光，你轻轻一吹，就灭了。相反，若是你对那些人牵肠挂肚，对那些事恋恋不舍，让它肆意地燃烧着，终有一刻，它也会熄灭，而到了那个时候，让你措手不及的黑暗才是最可怕的。

五渔村教会我什么呢？它教会了我要学会放下。

告别了五渔村，我们起程前往佛罗伦萨，这个在徐志摩笔下叫作“翡冷翠”的地方。

名字虽然有些匪夷所思，但是这个精致美丽的名字倒颇让人有些幻想。事实上，佛罗伦萨的基调并不真的如翡翠般嫩绿，阳光下的蓝天白云、色彩鲜艳的墙壁、深绿色的百叶窗、深红色的屋顶才是这里的标志性色彩。

佛罗伦萨的旅程，依旧是有关于美食餐厅、教堂、市场的游览。走遍意大利大大小小的城市，你会发现，它们都是同样的姑娘，只不过换上了不同款式的衣裳而已。

我不太记得佛罗伦萨百花教堂的雄浑，也不太记得大卫雕塑的伟岸，只觉得断桥的夕阳略为刺眼，也嘀咕过皮革市场的东西略贵。但是，这就是翡冷翠。

当我独自穿梭在夜晚的街头，看着这些古朴的建筑还有各个肤色的人在身边穿行的时候，心里总归是有些惆怅的。

旅行最磨人的，是逼近终点的时候。完成了旅行，你又得告别乌托邦，再次回归到现实的柴米油盐及朝九晚五中去。我的心里满是留恋和挫败感。

因此我决定，一定要在意大利留下些什么，于是走到某一个街角的理发店，在完全无法跟发型师交流的情况下，剪了一个头发。

理发师是个老爷爷，两鬓斑白非常冷峻，剪起头发一丝不苟。

整个理发店的墙面被刷成了猩红色，里头还放着歌剧，让人有一种随时会看到意大利黑帮枪战的感觉。

头上老旧的吊扇悠悠地转着，时光仿佛被定格在胶片上。我依稀记得周围贴了些球星的海报。作为意大利的最后一个礼物，我被赠予了一个奇丑的发型。果然再次“不失所望”。

告别意大利，我再度返回巴黎。毕业之后的实习紧接着就要开始了。可恶的是，飞机再度晚点，下飞机时地铁已经到了停运的时间，我们只好打车回家，看着表上不断疯跳的数字心惊胆战，脑子里盘旋着“时间就是金钱”的犀利声响。

那一夜，巴黎的雨很大，我睡得特别安稳。因为这是我正式告别学生身份的一刻，非常正式，毫无退路地正式。

提拉米苏

食材：

马斯卡彭芝士 250g（超市一盒 250g）
朗姆酒少量
柠檬
吉利丁片一片、蛋黄 3 个、细砂糖 65g、淡奶油 110ml
咖啡力娇酒适量、蛋糕坯一个、手指饼干
可可粉适量
需要工具：打蛋盆 3 个、打蛋器、手持打蛋器、刮刀、小碗、大锅

做法：

1. 吉利丁片先泡在凉水里面。
2. 马斯卡彭芝士加柠檬汁用打蛋器打至顺滑，朗姆酒稍微加一些。
3. 蛋黄加 30g 细砂糖，隔着热水打至颜色变白带点儿黏稠感，温度要控制好。
4. 把泡软的吉利丁片沥干水放入温热的蛋黄里，搅拌至溶解即可。
5. 淡奶油加剩余的砂糖打发，打到半流动的状态即可，不要太硬，会影响口感。
6. 把蛋黄混合到马斯卡彭芝士里面搅拌，再加入打发好的淡奶油，搅拌均匀放在边上备用。
7. 取手指饼干两面沾咖啡力娇酒，摆放在容器里，根据我们的容器自己调整下摆放的方式。
8. 铺上一层芝士糊，覆盖在手指饼上，一般铺两层饼干，覆盖两层芝士糊即可。
9. 表面抹得平整一些，放入冰箱冷藏一晚。

提拉米苏

五星级后厨的修炼

生活就是要这样，面对困难的时候力大无穷，品尝胜利果实的时候再开始翩翩起舞。

实习的酒店是“凯悦酒店集团”在巴黎“玛德莲娜教堂”设立的分店。我一直很诧异地认为，玛德莲娜教堂是因为建筑师特别喜欢吃玛德莲娜蛋糕而命名的。当然我只是开玩笑。

这个酒店并不是我选择的，而是学校安排的。毕业的时候，你只需要勾选一下你希望实习的场所，酒店或者餐厅，然后我跟我所有的同学就会像摇奖一样，被分配到巴黎或者里昂的各个五星级餐厅和米其林餐厅开始实习生涯。

当我穿着厨师服去酒店报到的时候，才真正体会到进入厨房的感觉，这有一种类似进入电玩大BOSS（终级敌人）战局的决斗感。

但是，刚刚度过第一天，我就被繁重的工作强度击垮了。

实习的第一天是这样度过的：

简单的寒暄之后，主厨带我去厨房和办公室溜达了一圈，认识了在这里工作的各位同事。对于我这个新来的“小孩子”以及我发音奇怪的名字“HAN”，他们都表现得很友善。或许对于他们来讲，长得像一个小学生的我怎么可能会做饭呢?

我倒是觉得我的名字简短好记，因为同事们的名字实在是太考验我的记忆力了，全都特别奇怪（好啦，名字的事暂且放过）。

主厨是一个长得很和善尚未秃头的中年人，副主厨像一个有波多尼亚血统的法国人。我每天需要工作9小时，从早上6到下午3点抑或从下午1点晚上10点。

彼此初识之后，再没有更多寒暄，当然也一点儿都不觉得生疏，整个厨房里面开始此起彼伏地呼唤我的名字了。

可是，这并不是什么好事。一叫你的名字意味着你又得有事情做了。我是这里唯一的实习生，酒店后厨大概有75平方米，清一色都是不锈钢的金属，后厨还有一个硕大的冷库和甜品间，让我瞠目结舌。

第一天的工作是熟悉厨房环境，参与备料的清洗和准备工作，还得熟悉正贩售的菜单和每个菜需要的配料。

因为我负责的是早餐部分，所以一切看起来还不算太复杂，我兴冲冲

地开始干活了。

我清洗了20斤蘑菇，这种蘑菇裹满了泥土，还非常脆，所以洗起来特别费工夫。所有的蘑菇都要洗5遍，不能洗断它或者弄伤表面。然后要把跟小拇指一般粗的蘑菇切掉蒂，分装成每份50克进行烘干。

这项无比乏味的工作，花了我几乎一整天的时间。我像是对待至尊贵宾一般，一丝不苟地清洗它们。原本对实习工作充满了设想，可来到这里之后才发现，既没有我想象的出菜，也没有我想象的成为大厨，一切都从洗菜开始。

在冰冷的水里洗一整天蘑菇，我并没有对此产生任何怨言或者意图放弃。我发现，当你面对一件事的时候，越是做好了最坏的打算，结局越能让你容易接受；但凡你把一件事情想得过好，当它达不到你的期望时，便会让你感到非常失望。

基于这个考虑，我做了最坏的打算。就算要在这里洗几个月的菜，我也会把它当成一种另类的修行。

换上了统一的厨师服后，没有人关心你是从蓝带毕业的，抑或是自学成才，一旦进入这个厨房，每个人都是这个机器上的一个零件，总归要有人去做不同的活儿，才能制作出一盘盘精美的菜肴。

一天的工作结束之后，我被赠予了一份“新员工礼物”——清洗厨房。

当大家端出一个蛋糕，然后说“Surprise（惊喜）”的时候，我却被主厨递上一个拖把还有一个钢丝球。

那天我擦厨房擦到晚上10点，也不知道当时为什么没有丝毫负面情绪，甚至被告知实习是没有工资的时候，也不曾恼怒。我一门心思就想把活儿干好，想要证明我能在法国成为一名厨师。这是一种很蠢的梦想，但它有一种很坚实的力量。它支撑着我忘记很多消极的念头，手上脱皮的痛痒以及周围某些自视清高的人，通通不予计较。我就这么踏踏实实地干活儿，这并不能被称作“奴性”，在我看来，这些辛苦是你在完成一项工作时，最为基本的付出。

我一连洗了3天蘑菇。每天都重复着同样的工作。我在一个小隔间，每天看着货车拖着一箱箱蘑菇来到酒店，然后我9小时的工作时间，基本上都在跟各式各样的蘑菇打交道。

每工作4小时可以吃饭一次，时长为半小时。工作的时候，厨房的人不停地过来跟我打招呼，因为他们都要用我旁边的水槽。

我把这称为洗蘑菇社交，因为洗蘑菇，所有的员工都开始认识我。他们会趁机跟我闲聊，问一些中国的事情，讲一些他们的故事。我并不觉得很枯燥，这是不同于在蓝带学习的经验，它看似无趣，但我还是可以在里面发现蛮多东西的。

不管是洗蘑菇还是色拉菜，如何让叶子不被折断，如何保证食物的完整性，如何把每一样蔬果都洗得很干净……真的还有不少学问在里面。

主厨对我的工作很满意，他过来问我："觉得很枯燥吗？"

我每次总是笑脸相迎，回答他："我还好，蘑菇应该蛮枯燥的。"

"哈哈……"他爽朗一笑，告诉我，"明天你开始跟我做蘑菇汤。"

瞧，我就知道，洗这么多蘑菇，总归是要用的吧。

第四天我去得很早，大厨已经在等我了。他告诉我："学好一道菜，就得从认识这个菜的食材开始。当然，相信你可以完成得很好。"

我心里觉得他还蛮臭屁的，很像要教什么武林秘籍一样。然后他教我做出了一种全新的蘑菇汤，一种有别于蓝带配方，只属于"玛德莲娜"的蘑菇汤。

要问它有多特别，还真的没有，但是里面有一个小窍门，这个小窍门如果大厨不告诉我，我自己恐怕很难发现。

其实全世界的厨房都是一样的，很多师傅的看家本领都是一些看似不复杂的小窍门。全世界常用的食材就那么多，要做出美味，无非就是搭配组合的问题。于是在这里，我要把我洗完 3 天蘑菇换来的食谱告诉你们，希望你们喜欢。

玛德莲娜蘑菇汤

食材：

洋葱一个
蘑菇（白口蘑）250g
奶油 500ml
盐
胡椒面儿
黄油
白葡萄酒
鸡汤
鸡蛋一个
炸面包粒

做法：

1. 洋葱切末，然后放入锅里用黄油煸炒。
2. 放入蘑菇，白口蘑需要去皮，不然汤色会发灰，然后一起炒。
3. 炒的时候可以放入白葡萄酒，焖出蘑菇汁液开始熬。
4. 加入鸡汤和奶油、盐、胡椒面儿开始煮。
5. 把煮好的蘑菇汤放入搅拌机，趁热加入一颗生蛋黄（秘诀），然后过滤。
6. 装盘淋入热奶油，可以放一些炸面包粒增加口感。

玛德莲娜蘑菇汤

黯然销魂饭

明明可以很轻松地做好很多事情，但是因为自己拖延或者不作为，享受着它带给自己的苦并且还大言不惭地说自己“苦中作乐”。这是另一个悲剧的我。

跟很多人一样，我有一种能把自己搞得很苦的能力。外人常说，我觉得你可以更好的呀？为什么老是这样，是太倒霉了吗？

不，不要怪在“倒霉”同学身上，归根结底就是自己“活该”！

开始实习后过了没多久，我的房子租约到期了。

我是一个极其懒惰的人，总爱把事情拖延到无法解决的时候才去做。每每此时，我都被自己搞得很艰难，不得不借由“再不做就得死了”这样的理由去治疗自己的拖延症。

可我还是在搬家这件事上犯病了，果然不能放弃治疗。

之前的房子是托朋友帮忙找的，不仅面积小而且没有房补，最关键的是，住得不是那么开心。房子到期的时候，因为没有合同约束，我几乎是被凶残的房东逐出门来的。如果我能提早做准备，找到合适的房子，怎么会出现这样的状况呢？还好巴黎有位好朋友开车来接我，才不至于露宿街头。

实习期是没有请假这种说法的，所以在这次找房子的时候，我依旧无比仓促狼狈。幸运的是，这次的室友是国内的旧相识，他们俩也到巴黎实习，于是我们三个就租下了一间市郊的小三层。说是三层，加起来也就 100 平方米的样子，当然跟之前的小破出租屋相比真的好太多。我看到房子的时候，已经感动得要落泪了。

房子位于巴黎市郊，那是一个非常安静的地方。进城时坐地铁只要 15 分钟，很快捷。这里全是老人和儿童，走入这里，就仿佛来到了一处充满阳光细雨的安详之地。而我非常幸运，可以在这里度过法国之旅最后的几

个月。

这是一间老房子，我走在屋外，礼貌地端详它，心想着里面大概有很多故事。

每天，在隔壁幼儿园的早操声中醒来。我和家里另外两位的工作时间有差别，我是下午 1 点到晚上 8 点工作，所以我会在早上做好饭中午吃完后上班，他们下午下了班回来的时候，热一热就可以当晚饭吃。因此，我被他们称为家里的“田螺姑娘”，他们俩每天回到家，冰箱里总是塞满了饭菜。

这个时候，我已经从洗菜工变成了员工餐的大师傅。我的工作量依然不小，每天要负责将近 100 人的用餐。除了军训以外，我从来没有做大锅饭的经验，而且在这里，我不知道能不能叫作“大锅饭”，他们的锅都不算大，除了熬汤的两个桶之外，最大的锅也没有我们中国那种可以煮下一整只猪的锅大。

这个时候，我面对的就是烤箱和蒸箱。员工餐除了现成的色拉，其他都是由烤箱和蒸箱做出来的冷冻食物。我每天大概要忙一上午才能完成这庞大的工作，里里外外几十盘东西搬上搬下，员工餐就这么做出来了。

有一天，我发现菜单上有米饭，突然萌生了一个念头：为何不试试中国蛋炒饭的做法呢？我用掉了将近 50 个鸡蛋，然后用蒸箱蒸好米饭，放上黄油搅拌，蒸好冷冻的豌豆，拌入鸡蛋，最后，还得淋上厨房里面的日本香油和酱油。

这个时候，厨房里间的一个黑人厨师走过来，他一挑眉：“咦，这是什么鬼东西？”然后抽下手臂上的勺子尝了一口：“呀！太好吃了！真的太好吃了！ HAN，你是天才！”

我将信将疑地尝了一口，觉得味道还不错，但也不至于那么大惊小怪吧？

这个时候，黑人厨师已经风风火火地跑遍厨房，宣传我做出了一碗“黯然销魂饭”。我感觉气氛真的挺奇怪，这个时候，我竟然发现自己很像是“中华小当家”，甚至开始幻想，面前那锅炒饭上面，有许多金色的星星和无数的“yummy”（好吃）在空中飘荡（《小当家》动画里，每当一道美食

出锅，都会有这样的特效，表示很美味）！

那天中午，大家好像都特别期待吃午饭。还没到吃饭时间，可所有人几乎都奔向了食堂。看来黑人厨师的聒噪嗓子宣传能力真好。不出所料，那天的蛋炒饭被哄抢一空，我依旧只能吃冷冻炸薯条和炸鸡柳。

但是，看着那几盘被吃得精光的炒饭，心里顿时生出一种特别强烈的满足感。虽然这不是在蓝带学到的东西，也不是法国菜，甚至在中国它都不算一份很正式的炒饭，但是全世界的美食其实是相同的，好吃的东西不分国别和形式，只要是美味，就会被吃光。

这一刻，我觉得做饭这件事，它真正的快乐并不在于你做出了多么精彩绝伦的外观，而在于你做的食物在解决了温饱之后，是否上升到好吃的层次。当你做的饭菜被人一抢而光的时候，才是真正的快乐。

从那以后，我在厨房里的称呼，就由HAN这个名字升级到chef rice（米饭大师）。隔日，我正在厨房洗刀具，一个白头发的老头子走进来，微笑地看着我："你是HAN吗？你那天做了一顿很好吃的米饭！真的很好吃！"

对于他突然而至的夸赞，我感到颇为好奇。在此之前，我从来没见过他，于是只好礼貌地说了声"谢谢"，然后说："你下次要吃我再做，哈哈。"下班之后，我想立马赶回家洗澡睡觉，这个时候，我师傅走过来："你知道吗？那个老头子是董事长。"

漫长的时间里，我脑中空空一片，愣在那里不知道该说些什么。直至现在，我做的那碗蛋炒饭几乎被神话了，永远地留在了玛德莲娜酒店。现在他们还会偶尔给我发电邮，在电邮里面，他们总会在最后一句"MISS YOU"后面加上"想念你的米饭"。

之后在中国，我又炒过很多次米饭。不管怎么做，好像都做不出那个味道了。什么原因，我大概也说不清楚。

黯然销魂饭

食材：

米饭一碗
鸡蛋一个
红椒半个
冷冻蔬菜丁（胡萝卜、豌豆、玉米）
生抽（日本酱油）一大勺
蚝油一小勺
小葱 3 根
猪油（板油）一大勺，
香油一小勺
植物油一大勺

做法：

1. 小葱切段和粒。
2. 将生抽、香油入小碗中拌匀。
3. 将碗汁入米饭碗中，用勺子拌匀，并尽量把米饭拌松散。
4. 鸡蛋放碗中打散，倒入米饭碗中拌匀待用。
5. 锅入猪油、植物油，加入葱段大火炒香。
6. 将葱段弃之，加入米饭大火翻炒，尽量将米饭炒散，炒成一粒粒的，米饭粒在锅底蹦跳的状态。
7. 翻炒 2 ～ 3 分钟后加入蚝油和葱花。
8. 翻炒均匀即可出锅食用。

黯然销魂饭

实习的苦与乐

开始实习是走入社会的第一步，这个时候，我已经卸下身上所有学生的影子，竭尽全力去融入这个社会。厨房的日子势必是艰苦的，一到旅游旺季，打单机便没有停止过唰啦唰啦地出单子。还好西餐比中国菜简单很多，供应的品类也少，所以工作只是不断地重复再重复，倒也没有很辛苦。

此时我已经摇身一变成为主厨了，当然，这只是我个人的说法，因为除了名单上备注的是实习生之外，我已经完全跟正式员工没有区别。

在厨房，我需要参与各个环节的工作，例如冷菜、热菜、肉档、甜品、外卖，有时候还要客串服务员。这样繁忙的日子让我觉得很充实，在学习的时候，你恨不得把自己变成一块海绵，将你能见到的听到的一切，通通吸收。

来酒店实习之前，学校告知我们，在这里实习是没有报酬的，一切都是没有工资的，唯一的回报是可以管饭，所以，我并没有觉得无偿工作有多么不公平。

实习期的时候想要过得愉快，一定不要考虑报酬的问题。如果总是用金钱去衡量你的工作，势必会感到不开心，你总是会纳闷“我又不拿钱，为什么要做这么多工作”；相反，提前告知我实习是无偿的反而更好。既然已经知道没有工资，反而会当成是学习的一部分。

中国人最大的美德是勤劳，虽然我离这两个字差很远，但是工作上绝对不偷懒。

还记得有一天，主厨叫我进办公室，他给了我一个信封，按照多年收红包的经验，我知道里面是钱。他说：“HAN，打开看吧，这是你一个月的工资。感谢你这个月的努力，按照酒店标准是普通员工的三分之一，但是希望你开心。”

我仍然很清楚地记得那个数字：547.6欧元。当时那种心情是很难讲清楚的。当我知道工作是无偿的时候，反而更自在一些，现在这种多出来的“礼物”反而会让我觉得有点儿太过于意外。

我拿着信封，继续回到厨房工作。这好像是我来法国厨房挣到的第一笔钱，它可以缴房租缴水电费买些好吃的。虽说离第一桶金的概念差好远，能完成的心愿也微不足道，但是它对于我的重要意义，是实现了我妈曾经的话：“学厨师好，好歹饿不死。”

没想到，当天晚上还在计划要跟两个室友庆祝的时候，我第二次被抢了。

经历过一次抢劫之后，我有点儿杯弓蛇影。但凡有人离我太近，或者看上去有点儿奇怪，我就会全身竖起汗毛，随时准备应对。

这一晚，我哼着小曲，拿着我的平板电话走在回家的路上。上次手机被抢之后，老爸从国内带了个平板给我，可以打电话又可以当电脑用，跟iPad mini（苹果牌迷你平板电脑）差不多大。我正在跟室友说晚上要买酒庆祝，然而就在此时，身边有一股特殊的味道飘了过来。那种味道我好熟悉，可能是因为害怕，我的眼睛绕过平板朝身后打量。我看见两个人正疾步向我靠近。我屏住了呼吸，手指悄悄插进平板保护壳上面的橡皮筋，扣紧。

刚刚做完防御动作，其中一个人便下手了，他伸手就要抢我的平板，幸好我刚刚已经提前做好了准备，他第一次失手了。

他哪能料到我会突然下手，一个反掌，将平板砸到他脸上，发出哐当一声，他开始号叫起来。

这个时候，我完全不敢在此停留，撒腿就跑。两个人高马大的人也紧跟着追了上来。我当时心里想了一万次：“这下死定了吧，被抓住肯定要被打傻。”同时内心里还有一千个声音在喊：“不要打脸啊！”

跑了一阵，我看到地铁的黄色信号灯已经亮起，这是要关门的意思，于是一下子跳上地铁，绝尘而去。

我这个体育白痴一辈子都没跑这么快过。在车上，我的心跳得好快，回忆起刚刚那几秒都觉得后怕。要是被抓住了，要是被抢了，要是今天就交待在这里了，怎么办啊？

我坐了两站就下了车，换公交回去，一路上都没讲话，也不知道在想什么。一进家门，我抱着室友就开始哭。那晚眼泪的含义特别复杂，说不清楚，有发工资的高兴，有被抢的惊吓，同时也想发泄一下长久以来在法国吃苦的委屈。

我从来不是一个矫情的人，却在那一刻深深地想释放一下自己，掏空这一年多来内心的压抑，去慢慢变成一个更好的自己。

还记得那天巴黎的雨很大，比我的哭声还要响亮。

棒棒糖蛋糕

食材：

鸡蛋两个
砂糖 80g
香草精 5g
低粉 100g
泡打粉 2.5g
黄油 80g
巧克力
装饰糖珠

做法：

1. 烤箱预热 180℃。
2. 将鸡蛋、糖、香草精混合，用打蛋器加热一分钟，高速搅打 4 分钟，然后到体积膨大到两倍，颜色变白。
3. 筛入低粉、泡打粉，搅拌，然后加入融化的黄油，搅拌均匀。
4. 将面糊挤入裱花袋，然后放入硅胶模具 10 成满，盖上另一片模具烘烤 20 分钟。
5. 隔水融化巧克力，然后准备装饰糖珠。
6. 棒棒糖的一端沾上巧克力，然后裹入融化的巧克力，注意倒立方可以使表面光滑，然后趁凝结前装饰好糖珠。

棒棒糖蛋糕

最后一餐

结束了在法国的实习工作，最后还是决定回国，我没有告诉太多人这个决定，20 多岁的时候想着落叶归根，总归不是什么值得与人分享的事。

很多人都在纠结两个问题：该不该出国留学？留学之后该不该回国发展？

这些问题其实是无解的，因为它们并没有唯一、准确的答案。

对于我而言，一直以来都对回国发展抱有美好的憧憬，加上生病，人就会很容易思乡，于是我就决定回国了。真的没有特别刻骨铭心的过程，或者某人醍醐灌顶的指点。

很多事情得自己想明白，答案往往在我们自己的心中。

为什么放弃在法国做法餐？哈哈，其实我心里头明白，自己很难成为厨房界的JIMMY CHOO（华人周仰杰创立的闻名世界的鞋子品牌）。打个比方吧，如果有个老外在北京开了家烤鸭店，估计也不会有人觉得他多么正宗，这是成长背景所决定的。

做出回国的决定之后，我立马开始收拾行李。收拾行李的时候发现，一年的时间，不知不觉竟然积攒下了这么多东西。我把那些旧衣服旧家具都捐给了邻居、教堂，或者送给流浪汉。他们应该对这种来自留学生的馈赠习以为常，并没有任何感谢之词。

接着我告别了我的室友，他们也许还要在这里继续战斗下去，也许跟我一样，在不久的将来会回到祖国。

我觉得，留学时期的友情，是比在国内上大学时要更为深刻的。在国

内的时候，我们往往是在自己已经富足的基础上，与人分享，把自己多余的、不需要的分享给朋友，而在法国，大家都是一无所有的人，分享出去的，全都是从自己的那一份里抠出来的，那样的东西显得珍贵得多。这种不计回报、不计得失的情感，我觉得应该珍惜。

我们乘着最后一班地铁离开。自打上地铁开始，几个朋友就没有讲话，后来他们开始低着头呢喃："每次都跟你坐这一班地铁，你总是抱怨说里面人很多，气味很臭；还有几次，我们都喝得烂醉，在这班地铁里大声唱歌；还有好几次，我们飞奔着怕错过最后一班地铁……你明天就要走了，我们之后还要继续搭乘这班地铁，也不知道哪一天人会越来越少……"说着说着，有个女生竟然哭了起来……

我最怕这种场面了。你知道的，我是一个特别大大咧咧的人，可此刻，

我却做不到那么洒脱开朗，我只好说："说真的，我挺怀念我的 50 欧元罚款的，这趟车抓了我 3 次逃票……"

那女生破涕为笑。

我心想，总归得带着愉快的表情跟法国，跟我共患难的朋友们挥手道别吧！

就这么，我离开了巴黎，至今也没有再回去过。那里走失了一个 22 岁的我，他永远地留在那里，而我要继续去远方。

还记得最后一餐饭，我们自己下厨，开了几瓶红酒，准备了一顿丰盛的晚餐，吃了比钢管还硬的面包。大家微醺着，唱着歌：我们就这样，各自奔天涯……

朋友们，22 岁的我，法国。再见了。

酥皮炖鸭腿

鸭腿

食材：

鸭腿两个　　鸭油 500g（足够浸泡鸭腿的量）
盐　　迷迭香
胡椒

做法：

1. 鸭腿放入盐、胡椒、迷迭香过夜。
2. 将鸭腿浸泡鸭油中，放入 75℃烤箱烤 8 小时，至鸭腿肉酥烂脱骨。

酥皮

食材：

低粉 700g　　黄油 250g
酥油 90g　　水 160g
鸡蛋液 2g　　细砂糖 60g
猪油 500g

做法：

1. 将 350g 低粉、2g 鸡蛋液、 90g 酥油、160g 冷开水、60g 细砂糖，除酥油外，混成棉花状后加入酥油揉至光滑不沾手的水面团。
2. 将 350g 低粉、250g 黄油、500g 猪油混合，用同样的方法做成油面团。
3. 将两个面团都擀成厚薄一样的面片。
4. 将水皮和油皮分别擀成长方形面皮，用水皮包住油皮，擀平然后将面团叠起来再擀平，如此反复最少三次。擀开成 0.5 厘米厚的薄皮（擀的时候最好用保鲜膜包起来），用保鲜膜包起来放冰箱冷藏 30 分钟后就可以用了。
5. 将制作好的鸭腿剔骨放入小碗，装饰上酥皮。
6. 放入烤箱 180℃烤约 20 分钟，烤至表面金黄即可食用。

酥皮炖鸭腿

简单生活

回国时恰逢过年，此时的我换上了另一个身份——北漂。

我跟所有北漂小说中的主人翁一样，带着梦想的行囊去了北京。去了那个传说中可以孵化每一个梦想的地方，那个闪着金光的首都。

巴黎是个很简单的地方，人简单，事简单，我每天需要应对的情况也简单。有时候我甚至觉得，我会在这简单的地方变得笨起来，所以当时拼了命要回国，一是不想变笨，二是觉得，我这种有手艺的人回国是不难找工作的。

于是我选择了北京。

很多人对这个决定表示诧异。

成都，一个温床般的城市，为什么我愿意舍弃温床，至死不渝地加入北漂一族?

原因有三:

第一，我心中有首都情结，自始至终都很希望能在北京长期生活一段时间，就算我无法融入，但是我去尝试过了，也不错；

第二，我认为北京有很多很好的机会，至少我这个职业是被需要的；

第三，我不愿意在成都继续被父母安排生活，趁着年轻还有闯劲儿，在没有羁绊的时候，得抓紧把自己想做的事、未完成的梦，通通搞定。

于是我就上路了，怀揣着不多的路费，来到完全陌生的大城市，寻找着自己的梦。

我总是个很乐观的人，认为凡事都是没有绝路的。俗话说“东方不亮西方亮”，就算当下的这条路走不通，总有另一个方向可以尝试。

我大概就是这样生命力顽强的人吧，其实我就是爱折腾，不甘于现状。

当年为了去法国，放弃了一份很好的工作。在法国学成归来，本可以过着舒舒服服的生活，却又成了北漂。仿佛我的身上有一对隐形的翅膀，可以在任何地方飞翔。

来到北京之后，如我所料，工作是很好找的。无论是北京最好的法餐厅，最好的酒店，只要我去应聘，面谈之后都会给我试菜的机会，甚至直接给offer（聘书）也不是天方夜谭。于是，在通过了层层考验之后，我们都会谈到一个很敏感的话题。

工资。

对。我承认我是个很世俗、市侩的人，我为您工作，我需要得到回报。可是我觉得这也是理所当然的事情。但是，在大家谈得非常开心，酒店经理甚至开始吹捧起自己的餐厅环境、地位是如何如何出类拔萃的时候，我不可免俗地谈到了薪酬。之前的 HR（人力资源）、酒店老板都会在谈薪酬前问我一个问题：你知道国内这行的行情吗？

我诚实地回答：不知道。

“好，那我们告诉你。这里跟国外不一样，跟你之前上班的地方也不一样。中国的厨师地位并不是很高，在大家的心目中，厨师是一个三流的职业，从而导致你的收入也是很低的，所以你必须有心理准备。我们给出的薪资标准是，试用期每月 2300 元人民币。”

说实话，这个数字让我措手不及。2300 元甚至付不了我房子的租金。

很多人肯定会说，你凭什么刚来北京就租这么贵的房子？这是因为，当时我还没到北京，就让朋友帮忙操办房子的事情，恰巧人家合租的房子空出一间，我理所当然就进来了。我没办法挑三拣四，总不能劳烦人家四处奔波帮你看房子吧？无论贵或者便宜，满意与否肯定都是要接受的。

见我不吭声，他们询问我的心理价位。我给出的是5000。

我认为，这真的是一个很合理的价位，这只是我在巴黎实习期时的工资！就算我没有特别充足的工作经验，怎么着也算是正儿八经工作过。而且最让我感到费解的是，刚离开学校时就可以拿到的数字，为什么一回国正式工作，还要被减半呢？

我的脸上并没表露出任何对2300这个数字的不满，可是跟我谈薪酬的人突然就变脸了："你知道5000是个什么数字吗？！就算是×××的大厨也不可能拿到这个数字。你何德何能？"

我并没吱声，只是说钱的方面我们可以再讨论。我并不介意起薪的高低，只是希望他们可以为我明确一个发展空间。虽然他们给出的薪酬跟我的期望值落差很大，但是我可以从低做起，从他们需要的底层开始，但是如果半年或者一年后，他们给我的发展空间仍然很狭小，我觉得我可能无法胜任他们的工作。

这段谈话，我觉得我已经把自己放得足够低，但是我不知道究竟是哪里触碰到了那些HR的敏感神经，他们觉得我好像一副很牛的样子，然后一直宣扬他们是北京最好最棒的餐厅。最后的结论是：我们能够录用你，已经算是你的福分了，你完全没有跟我们谈薪酬的资格。

这恰恰是我最不屑的。

我喜欢被尊重的感觉。在法国，厨师薪酬不算很高，但是至少也算过得去，大家对厨师是非常尊重的，吃到好吃的东西会赞美，会去厨房打个招呼，在厨房或者酒店里面，大家都很尊重厨师。但是现在，我感到的是，这些 HR 是在以一种收留我、可怜我的态度与我对话，他们似乎觉得，我是在完全不计尊严地求着他们给我一份工作，我来到这里上班，会给我的全身镀上金色的光环，我的职业生涯会因为来这里打过工而变得一片豁然。

于是，他们开始了各种怠慢，等待成了面试的必备技能：填表等半小时，换人谈话一般要等半个小时以上。这些都无所谓，作为求职者的我，只能全程保持我最美好的笑容，然后礼貌地完成他们所需要的一切手续。

店大欺人。我心中不止一次出现这个词语。

特别是某餐厅的副主厨，很明确地告诉我："你没有什么资格跟我们谈薪酬，因为每天都有无数人愿意免费来我们这儿干活，结队成串的。你什么时候能来上班，要等我们这边的人力资源部通知有职位空缺的时候。明天你先来试菜，下午 3 点半来，你可以做任何你想做的东西。"

好的，第二天我去试菜，下午 3 点半我准时到。苦等半个小时后，他终于开始接待我。换装以后，问我做什么，我说我准备的是一个蟹肉和一个鸡肉。他说："喔，这样，我们这儿一般试菜都是一个牛肉，一个鱼。你看看需要什么，然后去楼下冰箱拿，我们为你准备了牛排和三文鱼。开始吧。"

临时变卦。

于是我风风火火地去了冰箱，拿了一些需要的食材，开始做菜。其间，厨房里面很多厨师纷纷停下手里的活儿来看，因为我的校服上印着蓝带鲜明的 LOGO。

让我很感动的是，见我不熟悉厨房里刀具的分布，几个素未谋面的朋友一直在帮我拿各种需要的厨具、调料，甚至给我加油打气。

一会儿，副厨走过来告诉我，他们 6 点要开始出菜，让我最好在一个半小时之内完成。OK，临时减时间。我依旧不吭声，只是默默地把原先准备好的配菜减少了两道。我选择了一个香料三文鱼，搭配茴香根。这是蓝带一道非常经典的菜，做起来胸有成竹。

做好了，大功告成。副厨说，他去找主厨过来试菜，一去一来就花掉了半个小时。不知道大家有没有吃过饭，你觉得一盘菜做好 30 分钟后再吃，会有多好吃？好在之前我有做准备，肉类的熟度都控制在了四成左右，这样放在烤灯下半个小时，可以达到六至七成，不会太老。不过我原先准备的配菜和酱汁由于时间的关系，变得黏稠甚至有些干。幸好的是，鱼肉在我精心的计算下，熟度达到了一个异常完美的程度。

主厨试完菜，最后的结果是，我这次的试菜非常成功。那一刻，副厨的脸色真的变成了茄色。

第三次去那家酒店，他们告诉我，之前的面试表格不见了，要求我重新填写。半小时之后又说谈完了，让我继续回去等消息。

后来的一天，HR 的一个女生跟我沟通，问我对薪酬的要求，我按照惯例减价报了 4500，然后她的回答是："你最好再去打听打听，我们已经给出了一个很高的薪酬，就是维持之前的。"

我很礼貌地挂断了电话。

他们对于我的态度，就是在买菜。讨价还价不说，还要卖家去货比三家。我很讨厌他们每一次的临时变卦、拖拖拉拉，更憎恶这种随意怠慢他人的态度。

我梦寐以求的工作场所，是他们需要我，我去了之后他们会吸收一些新的东西，让自己的餐厅更有生命力，而不是以一种收留我的态度打发我。

他们也许忘了，这是一个双向选择。你们有资格选择我，我也有资格选择不去。很多不了解具体情况的粉丝和朋友经常在 QQ 上问我："你怎么还不去工作？"

我甚至懒得搭理，这样的工作，换你你去不去？

我所寻觅的不是一个高工资的厨房，我需要的是一个没有拉帮结派钩心斗角的地方，大家可以为了做出更好吃的东西而一起努力。

也许，我入错行了。

香料三文鱼

食材：

三文鱼
罗勒 5g
面粉 50g
鸡蛋一个
黄油 50g
茄子一个
番茄、西葫芦各一个
面包糠 50g
盐、胡椒、白糖
酱油各适量

做法：

1. 用盐、胡椒腌制三文鱼，然后放入一些酱油（或生抽）和白糖浸泡。
2. 面粉、蛋白、罗勒碎、黄油搅拌成面团，用擀面杖擀成薄片。
3. 茄子、番茄、西葫芦切片，放入锅里用橄榄油煎炸至两面金黄，然后堆成塔状。
4. 三文鱼放锅里高温煎一分钟，每个面都均匀受热。
5. 香料面皮薄片覆盖三文鱼，蔬菜塔放上面包糠，放入烤箱调至 180℃，烤 7 分钟。
6. 装盘出炉。

香料三文鱼

最后的实习

拒绝了这家酒店之后，我写了一封电子邮件给曾经实习的餐厅主厨，问问他有没有可能帮我推荐工作。我的请求并没有石沉大海，主厨很快给我推荐了一份工作，依然是五星级酒店。

但是工作了三个月之后，我就辞职了。

我当时只是短短地发了三个字：辞职了。很突然，但这也是必然。

工作的这三个月里，吃了多少苦受了多少委屈，我已经忘了。因为“挣钱”这两个字，如同一把很大的枷锁扣在头上，想要有收获，就必然要付出。

大多数老板都有这样的特点：你做了10件事，只要其中的一件有瑕疵，就算其余的9件事情都做得完美无缺，老板也是看不见的。

我拿着卑微的工资，我没有迟到早退过一次，并且按时按量地保证完成工作，对得起这份工资。我想，对于初入职场的人来说，已经足够了。

我并不是一个特别脆弱的人，但没有人被骂了，还能笑脸相迎。

当初选择一份工作是因为尊重，离开是因为遭受了太多莫名其妙的委屈。并不是我一个人会讲法语，就要被迫承担所有不会讲法语人犯下的错。还记得很多时候，他用法语大声训斥我的时候，其他人都不知道那些话有多难听有多脏。记得有一次有另外的同事因为没听清楚他的要求切错了一整条牛肉，结果对此他的解释是："为什么你不去重复我的要求呢？"天知道我那时根本就在负责甜品档，怎么有时间去理会切肉的形状。但是对不起，因为整个厨房只有你会法语的时候，所有的不对都是因为你没有尽好翻译的义务。我渐渐觉得承受不起，对一份工作或者爱情，总喜欢看很远，我喜欢有希望有未来的憧憬，而不是不辞辛劳工作十几二十年，给我的发展空间小得微乎其微。那这份工作或者这个人，对于我来说，真的是失望透顶。巨蟹的狠心表现在看清楚之后会在最快的时间诀别，留下只是伤人害己。

关于生活，我自觉已经闲适散漫得有些过度。日子一天天过去，我越来越找不到让我开心的理由。

现在的我对于美食，已经失去了最初的那份热忱，没有很爱吃很想吃的东西，更不会有不吃就坐立不安的情绪，也没有了一定要去哪儿旅游的冲动，我甚至觉得每天都过得浑浑噩噩。

我更在乎的是，今天跟谁去吃饭，跟谁去玩耍，而不是在乎吃什么，玩什么。

现在的我，跟过去的那个阳光明媚的我，朝相反的方向，渐行渐远。我想，生活寡淡，找不到趣味所在，或许就是我工作热情不高的根源。

从小到大，我没怎么吃过穷困的苦，所以我并不懂得初到某地谋生的时候，该如何卧薪尝胆。

这几个月，我每天挤公交上班，遇上堵车的时候，每天上班的路上来回要花 3 小时，然后工作的时候要站 9 小时，很多时候，一天一半的时间都处于站立的姿势，后来脚踝站得水肿，我依然坚持下来了。

有人问我，你为什么不打车？工作是为了挣钱，这个时候，你需要考虑投入与产出的问题。我每个月挣的钱连生活都尚且不够，哪里还敢打车呢？

终于，我决定振作起来。我努力地寻找自己感兴趣的事情，寻找可以让我真正开心的东西。这不是心气儿高，不是好高骛远，我只是觉得，在我找到真正适合自己的事业之前，没必要在一个已经考察清楚毫无发展空间的地方消耗。人总是要换几份工作才能找到归属，初恋永远只能剩下残缺的记忆。

关于梦想。

我想，每个年轻人都是有梦想的。我们都希望被认可，希望被接受，希望能在每一处发光发热。我们都像一盏灯，只要有机会通上电，就恨不得照亮所有黑暗。

我必须去追寻我的梦想。我的理想决不是在厨房里待一辈子，所以我必须去拼去闯，去各地看看，哪怕我不知道前方在哪儿，也愿意去一试。这对于我来说，是比守着一份稳定的工作或者固定收入更加具有吸引力的。那种致命的魔力，让我还可以给自己找借口去试试。

面对未知，我只能给自己加油鼓劲儿，我只能说我会做到自己的最好，而最终会得到什么，我根本不去思考。这个时候，我更需要的是朋友们的鼓励和帮助，我太过于弱小，需要所有人的支持，哪怕是一句简单的鼓励的话语，对我而言也是力量无穷。

关于爱情。

我希望每段感情都能获得一个大家共赢的局面。这个共赢，就是幸福的生活。

我们可能要一起生活几十年，所以我很需要看到一个有规划的未来。我喜欢你、我爱你、我愿意跟你在一起，同时我也希望，对方能拿出诚意。

我不喜欢逃避现实的人，不喜欢安于现状的人，我希望我们可以比当下更幸福。所以，很多时候，我变得很暴戾，觉得自己总是做得完美无缺，可对方却有很多缺点要改。

爱情需要反思，需要共进退。我时刻检讨着自己在与恋人相处时有哪些地方需要更正，有哪些地方需要做得更好，同样也希望对方能够明白我的这种心情。

现在的爱情已经不是大学时期那种纯纯的爱，两个人必须规划好之后的生活，不能以“我习惯了现在的生活”为借口或者“我就是这样的人”来敷衍自己应该负起的责任。

我很怕爱，爱到后面就会失控，恨不得变成你，恨不得把自己燃烧成灰烬去爱你。爱情对于我来说，比事业要重要很多。生命中只有工作没有爱，是最可悲的。而我的偏执，就是把爱情当作事业来经营，把工作当成爱情来维生。为什么？其实很简单，工作可以退休，爱情却要陪着我们直到离开这个世界的那一秒。

看到学生在高考，感触颇深。我很失落，曾经那些美好的愿望以及对未来的憧憬正在慢慢消失。我仿佛被社会磨平了棱角，又仿佛清心寡欲到可以去修仙成佛。我特别不喜欢这种消极的状态，我喜欢简单的生活，喜欢打开窗子能看到大海，喜欢每天悠闲地晒着太阳遛着狗。只不过，这一切并非唾手可得。

现在的我，唯有带着这份追求，好好思考该如何迈出接下来的步伐，这对于我来说，并不简单。

就如同生活对于每个人都很复杂，对于我的内心也一样，看似坚硬的表面，里面仍然滚烫。

胡萝卜蛋糕

做法：

1. 首先给大家推荐一种混合果汁：胡萝卜 4 根，木瓜一个，桃子两个。其实它们融合的口感非常好，因为胡萝卜汁水生涩，加入木瓜和蜜桃融合，好适合燥热的午后。另提示胡萝卜、木瓜榨汁一定要记得去皮，不然会有污染鲜榨果汁的危险。

2. 喝下这样一杯浓稠的花式果汁，在这个燥热的午后，是不是感觉又可以去爱了呢？害羞。

3. 果汁应该配甜点。对，还是健康的甜点，你是否还在为刚刚剩下的胡萝卜渣耿耿于怀觉得浪费？那我们来做一个胡萝卜蛋糕好了。首先你要准备鸡蛋 3 个，黄油 180ml，砂糖 180g, 然后均匀搅拌在一起。

4. 稍稍打发，让糖、蛋融合，并且没有成坨的形状。

5. 准备 180g 胡萝卜碎，切碎胡萝卜是很麻烦的事情。不过现在有了榨汁机剩下的碎末，就变得很简单。如果用新鲜胡萝卜 180g 便可，榨汁机出来的碎末可以多加 50g。

做法：

6. 你还需要一些姜末和柠檬皮，为你的胡萝卜蛋糕增加香味。

7. 搅拌在一起，五彩斑斓。

8. 准备小苏打、泡打粉各 5g，180g 面粉。

9. 筛入面粉混合物，然后搅拌起来，均匀翻搅。

10. 为了增加口感，你可以按照爱好加入核桃碎、葡萄干。或者你喜欢杏仁什么的，通通往里面加。有没有 DQ 加料的赶脚（感觉）？

11. 放入模具。模具为了脱底方便，可以稍微刷上一层黄油。

12. 这一步我称为蛋糕的毕业典礼。180℃烤箱上下火 50 分钟。

13. 出炉。因为没有奶油的关系，放了两颗草莓略为装饰。

14. 其实里面的蛋糕体是很松软的，几乎没有胡萝卜的味道，但是有一阵清香。咬下去还有核桃和葡萄干的口感跳出来，很是惊喜。再来一口花式果汁，这个夏日午后，还真是消遣。

胡萝卜蛋糕

顶级厨师

我参加《顶级厨师》这个比赛，纯属巧合。

就跟很多陪朋友去面试的人，反而被选中成为主角一样，参加比赛起初并非是我的本意。但就是这么巧，我意外地成为这次比赛的主角之一。

辞职之后，我已经准备重操旧业了，说白了就是回到四川做回法语导游。我并不觉得这是丢脸的事，人到了连生存都无比困难的时候，早就将面子抛到九霄云外去了。

法语导游是目前人员比较稀缺的职业，收入自然也较高，一个月的收入抵得上我之前在厨房里一个季度的收入。

当时的想法很简单，也跟父母交换过意见，他们都支持我的决定。

但是我并没有打算放弃厨艺，这是一份终身受益的财富。即便未来不会再跨入厨师这个行业，我也能在兴致高涨的时候，做一桌大餐犒劳自己。

我刚刚准备去接第一个团的时候，旅行社正好在北京西单地下商场里。

我记得那天太阳很大，走在路上特别口渴，于是我跑去地下超市买了瓶水。

就是这样的一个举动，让我看到商场里《顶级厨师》的招募海报。

我是这个节目的铁杆粉丝，之前还曾很鄙夷“Masterchef”居然被翻译为“顶级厨师”呢。也就是那一念闪过，我问自己：“为什么不去试试呢？”

我默默掏出手机，拍下海报上的电邮地址，然后回家默默地写了一份简历，配上了一些用“美图秀秀”修过的照片发送了出去。寄出电子邮件的第二天，东方卫视的电话就打了过来，那个时候我正在北京双井桥吃酸辣粉。

我只记得一句话：“赶紧来参加比赛吧。”

这仿佛是一个机会，于是就这么浑浑噩噩地去了上海，带着一箱子锅碗瓢盆，带着一箱子诀别和畅想，也许我该走向下一站了。

初到上海就被电视台的工作人员接走，跟其他选手一起，开始了为期两天的前期培训。第一次参加这种选秀节目，第一次跟这么多形形色色的人相处……很多第一次都交给了这个舞台。

第一天是海选，等待录制一直等到了凌晨三四点，在此之前我已经昏天黑地地睡了好几觉了。加上酷热的天气，整个人已经肥肿难分。（我必须解释一下，虽然自己经常喜欢修照片，但是也没有电视上看起来那么乡土肥胖。哈哈！关注点好像错了。）

第一道菜，阿拉斯加帝王蟹，一蟹三吃无懈可击，这是作为敲门砖的一道菜。电视上只有短短 5 秒的镜头，但是实地制作的时候，真是把我的毕生所学全都拿了出来。

日料店的火锅、法式的色拉、越南的春卷……当时我有一种自己很厉害的感觉，还有一种“中华小当家”附身的错觉。

可事实上，评委后来说，真的没有那么好吃，只是在一堆难吃的中间显得还不错罢了。

比赛进行了整整三个月，转战了敦煌、苏州、上海等地，经历了淘汰、眼泪、欢笑。每一次接受采访，我其实都说着雷同的话：任何时候，心态要好，其他人的声音，你只是听听就好。做任何一件事情的时候，都先得让自己满意。

这是每一场比赛中，我都在坚守的信念，也是每一场比赛都能取得进步的关键。

其实面对比赛，我不是很有信心。直到最后的风云 PK（比拼），我也依旧没有十足的把握。我甚至对爸妈说："你们就当来上海玩一趟好了。"当主持人宣布我成为冠军的那一刻，我始终觉得一切都像是在梦里面。当所有人都在为我欢呼的时候，我耳边响起的第一个声音就是："嘿！之前的苦并没有白吃嘛！"

当漫天彩色纸屑飘散在空中的时候，我终于忍不住号啕大哭。这几个月发生的所有的一切仿佛是做了一场梦，而此时此刻，则像梦中之梦一般，更加难以置信。

还在恍惚之际，镶嵌着“中国首位顶级厨师”这几个镏金大字的荣誉桂冠已经从天而降，落在我的头顶，这不禁令我欣喜、错愕、感激不已。

或许你们会问我，宣布名字的那一刹那你紧张吗？

老实说，我没有想过自己的名字会被念出。

当时好像是手里攥了一张乐透的彩票，那覆盖层下不是印着“一百万”就是“谢谢你”。请别人帮我刮开，再告诉我结果——虽然惊心动魄，却已足够幸运：倘若喜从天降，我感激涕零；如果失之交臂，我亦释然。

对于这个比赛，我一直心怀感谢——我感谢每一位在我梦想之旅上帮助我、鼓励我的人，在我犹豫、彷徨、无助的时候，是你们一声声“加油”让我鼓起了前进的勇气，是你们一句句“好想吃”让我在黑暗中向美食的光明城堡一步步迈进。同样我也要把“谢谢”送给那些不太喜欢我的人，是你们让我在“得意忘形”的时候，看清楚自己那些需要改进、提高的地方。

我感谢我的父母，如果不是他们的鼎力支持，没有他们在背后辛勤又默默的付出，一切都是空谈。

现在来自电话、短信、微博的祝福把我掩埋了，在此，我都只能很机械地对你们说出一句“谢谢”，感谢你们，让我可以更快地成长，更好地学会如何去感激，怎样谦逊做人，不断学习，继续向自己的梦想前进。

今天有一种一夜长大的感觉，恕我嘴拙，难以用言语去说清那种在我心灵上的巨大变化，这一切对于25岁的我来说，分量可想而知。

灯光关闭，大幕落下，节目结束，《顶级厨师》的舞台上不仅仅有我，还有你们。

我希望拥有一间自己的美食教室和餐厅，它们是合二为一的，因为对于我来说，快乐是跟美食挂钩的，它们的亲密关系甚于一切，如果能够把快乐通过美食最直观地传递给你们，则是我的幸福。我希望自己可以做出美食让你们分享快乐，我也希望自己可以教你们用美食去创造快乐，毕竟“授人以鱼，不如授人以渔”嘛。

“谢谢”两个字很简单，但饱含了我所有的深情，关于美食和感情，还有爱。

后记

对于这本书，其实拖拖拉拉写了很久，我不是一个拖沓的人，恰恰在写书这件事情上面就会变得有强迫症一般，对所有的东西都充满回忆，但是又秉着“报喜不报忧”的原则，过滤掉一些实在是很苦的东西，变成嬉皮笑脸的过往。

若要问我最开心的是什么？我会回答你说：“人生一定要找到一个自己的兴趣，并且能通过它赚钱谋生。”这是一句寥寥数字的话，但是要执行起来就会很难。但是如果你的兴趣足够多并且足够强烈，那你所有的付出会变成理所当然并且能乐在其中了。

比赛的过程我一直没有赘述，很多人或许会觉得很失望。到底比赛中你又喜欢谁？讨厌谁？你们每一个菜是不是都有人教过？你夺冠到底有什么不可告人的秘密？人们的阴谋论总是在探讨着是否会有所谓的“黑幕”存在。对于我来讲，我认为自己就是一个最大的黑幕，“靠着一张 PS 过度的照片冒充所谓美男厨师，带着海外背景出现”，这本身就是“黑幕”的唯一性。当然很多时候，在有黑幕都轮不到你的情况下，自己的努力就变得异常关键了。其实在做任何事情的路上，你得有一个信念，就是你需要找到一条自己的路，一条不按照常理出牌的路，但是这条路要足以让人记忆深刻并且“输得起”。你能承担它所谓的“终点”带给你的一切。可能结果是好的，抑或是一败涂地。但是只要愿意去试试，起码成功了一半。

比赛结束之后，也有很多学生好像看到了“美食梦想”带给我的蜕变，并且也想去追寻。我对此很是鼓励并且支持，但是我希望大家还是能在有条件接受教育的时候，尽量多读书。知识不会成为你成功路上的绊脚石，虽然浪费了一些时间在所谓的课本上，但是它可以帮你飞得更远。相信在后厨油腻并且高温烘烤的工作环境下，它很难承载到很多人想当然的梦想。我从不后悔我读完了大学，即使我成绩真的不好，并且荒废了很多时间。但是我没有再耗费时间在多余的语言学习上，而是全身心去投入厨艺并开始。所以，掌握好一些工具，将会事半功倍。

这本书完稿的时候，我开始有了自己的美食教室，也有了一些美食节目的邀约。对于我来说，这些都是“顶级厨师”头衔带来的，但是我一直都在努力学习着更多的东西。对于我来讲，相信每一个人都是这样的，完成了一个小目标，还有一生的日子要完成更多的“目标”，当然不要心急。因为从全书中不难看出，机会是留给有准备的人的，但是你不能耗费过多的时间去寻找机会。

另外关于厨艺与爱情的关系。虽然我觉得大家一直在说，所谓“拴住男人的心，先要拴住男人的胃”“女人会嫁给一个会做菜的老公”，但是有两个前提：“你不是只会做菜”“你自己得很美”。第一个前提是对于非专业的厨师来讲，做菜只能作为加分的必杀技而不是你本来的战斗属性，因为你得有很多很多的爱好和热爱的工作，这是一个完整的恋爱关系必须拥有的独立性的关键；第二你还得漂亮。不是号召大家去整容，而是要尽量让自己变得更美，外貌上的美、心灵上的美，这样端出来的菜自然就很美。有了教室的这段时间，我的成就感一直特别大，因为很多女生告诉我“我老公说娶了我 10 年终于吃到一顿好吃的饭了”“我男朋友第一次没有要求叫外卖”诸如此类的话。教室并不是一个高收入的载体，但是它让我精神上变得富足。由此我觉得我在做着一件很有意义的事，一件很快乐的事情。

好像有些啰唆了。希望在下一本书里面，会有更多关于美食与爱的故事与大家分享，当然你们也可以告诉我那些感动你们的美味，它们究竟放了怎样的爱在里面。

晚安食谱

因为你一直不大会做饭，所以我记得我手把手地教过你。开火，放一点儿油，烧热，撒一点儿盐，然后把鸡蛋打进去，盖上锅盖，关火，等个几分钟，余热就能把鸡蛋煎好。这样做出来的煎鸡蛋不会焦不会煳，形状和颜色都好，还是溏心的。如果你看到这条的话，希望你只是记得，怎样做出一个香喷喷的煎蛋给自己吃。晚安。

因为你一直说喝汤会胖，但是身子虚又必须喝炖的肉汤，所以我记得我告诉过你，鸡汤可以先放冷以后放在冰箱冷藏一会儿，然后把上面的油去掉，再烧开，这样汤就不会油腻了。还有炖汤的时候，放两片黄芪和几颗枸杞、红枣，喝了手脚都会暖的。如果你看到这条的话，希望你不要再手脚冰凉地上网。晚安。

又喝醉了吧？我其实不太喜欢你喝得醉醺醺地给我打电话，半天也说不清楚，但就是嘟囔不准挂。第二天头会痛死吧？下次喝之前来一瓶浓浓的酸奶，睡前一杯温温的蜂蜜水，第二天早餐来碗热蔬菜肉末粥，会好一些的。不过能少喝还是尽量少喝，任何化妆品都救不回宿醉脸。希望你下次不要喝醉，早点儿关机睡觉吧。晚安。

今天不知道该跟你说些什么？你知道吗，太晚吃油炸食品真的不好，不是我不愿意去给你买，你真的应该喝这碗银耳汤。里面的银耳泡发了一整夜，加百合、莲子炖烂，还加了些冰糖。这汤冷的时候就不要喝了，太凉了，我给你用微波炉转了 30 秒，不会太烫。来，乖。再饿晚上都不要吃油炸食品和烧烤。估计你又忘了。晚安。

今天晚上有些不舒服，什么也不想吃。想起你在不舒服的时候，会让我蒸个水蛋给你吃。你不要吃那种很老的口感，所以我一般两个蛋加三份水，里面混合上一些肉末、葱花和酱油。它虽然没有华丽的外表，但是口感很滑嫩，到嘴里还有满满的充实感。记住两个要点：保鲜膜、7 分钟。希望你很少有机会吃到它。晚安。

大闸蟹的季节就要过了，好喜欢跟你坐在一起，聊天、剥剥蟹肉就是好几小时。也不在乎优雅的蟹八件，只在乎毫不顾忌地大快朵颐。这次独自拆下蟹粉，锅里放些姜末，然后把蟹黄、蟹肉放进去炒出金黄色的油，再淋一点点醋和黄酒。这样的蟹粉配上一碗干拌面，再浇上一些葱油和酱油，足以慰藉这个孤独的夜。晚安。

今天晚上吃什么呢？其实每个人都会有特别想吃一个东西的时候，就像对高热量食物有割舍不去的热爱一样，今晚特别想来一堆巧克力。把巧克力放进糯米皮，按照通常的办法煮，一碗热腾腾的巧克力汤圆。一咬开，温热的巧克力就流出来，流在嘴里有那种温柔和温存感，像是你的怀抱和身上甜甜的味道。晚安。

天气骤冷，这个时候我一般起一锅热油，放一些洋葱、大葱、小葱、香菜、罗勒熬，熬到所有蔬菜脱水，一锅秘制葱油出炉。再煮上一碗面条，烟雾缭绕，吹开那层葱油，热气腾腾，即使我坐在你对面你也看不见。其实我给你做不了什么，就想你一辈子不挨饿不受冻。这也许是最简单最基本的承诺，做一辈子也很难。晚安。

混沌的夜晚，需要一些热腾腾的馄饨驱走孤单。里面是虾肉也好，猪肉也好，荠菜也好，只要是你包的，就像两只胳膊调皮地伸进衣服口袋。干拌也好，猪油汤也罢，只要那一口下去、皮薄肉厚的口感，再多争吵也无济于事。煮一碗馄饨需要三碗水，爱一个你需要三个我。甜腻就像猪油，浪漫就像葱花，记得我爱你。晚安。

又到了夜里饿肚子的时候，在不需要亲吻的夜晚，来一个蒜蓉生蚝。还记得我叮嘱过你一定要戴手套开生蚝吗？在十字形的位置下刀，再放上一些发酵过的蒜蓉，放进烤箱180℃烤5分钟，就可以来上这一口海水里来的珍馐。它就像感情里面的两人可以品尝彼此纯粹的内心。这种纯粹的爱让人强大。晚安。

到夜里的这个时候总会觉得到了饭点，不吃点儿东西何以抵御这个清冷的夜？还记得你喝得脸红扑扑的煮啤酒吗？一瓶啤酒，配上一点点酒酿，配上一些红枣和枸杞，一点点糖，煮开。这时候的啤酒散发出浓浓的麦香，还有回口的那份鲜甜。你红着脸问我：为什么这个酒劲儿这么大啊？我说这就是酒不醉人人自醉。晚安。

不知道怎么表达爱的人可以亲手拼一个三明治。它需要切片吐司进烤箱略加热，几片生菜叶子，几片芝士，几片番茄和几片火腿，一个平平煎好的蛋，淋上沙拉。细心切好周围部分，让三明治带着只属于你的色彩。然后带到众人面前分享，然后告诉你我做的东西，大家都可以吃，你可以吃完。爱说出来，就不难了。晚安。

大雨降温。这种夜晚不想出门，应该开一包方便面，放锅里单独煮熟。再拿出一包奶粉调一个淡淡的奶汤，放个料包，煮些火腿肠、冻鱼丸，加上冰箱里的蔬菜，若是再配个鸡蛋，撒把葱花，这一定是一碗宽抚人心的面。上面是满满的诚意，垫着的是实在的生活。TVB(港剧里)总会问：你饿了吗？煮碗面给你吃。碗里盛的可是爱。晚安。

走在炎热的泰国街头，所见到的几乎都是食物。煮熟的玉米拌上沙拉，酸辣的鱼露汤配上河粉，新鲜的芭乐（番石榴）配上酸梅粉，烧烤的鱼丸配上芥末酱，油炸的鸡翅配上辣椒粉，叉烧肉配上炒粿条。这些看似理所当然的搭配不知道试过多少次才能到今时今日。也不知道你是否找到了你的那一味，总归我很遗憾。晚安。

若是这个时候有一碗酱油炒饭应该很销魂吧。它要有颗颗分明的饭粒，要有黄瓜丁和火腿粒，最好是有点儿豆豉。米饭要被酱油裹得黑黑的，起锅一抹葱和几滴香油。你会皱着眉头说："啧，这个饭看上去不太美嘛！"其实吃在嘴里你才会发现，最朴实的温暖才能安抚每个需要温暖的夜。长得好有什么用？管饱才是真爱。晚安。

今夜走过街头，看到芒果糯米饭，它看上去寡淡无味，可知芒果的香甜配上拌了盐和香草的糯米，淋上潇洒的一勺椰奶酱，这个味道融合得天衣无缝。我告诉过你，若要在家做，糯米蒸硬一点儿，盐稍微重一点儿，芒果熟一点儿，椰浆里炼乳多少加一点儿，天冷再没胃口也多少吃一点儿，多想我一点儿。晚安。

我觉得最温暖的家冰箱一定要满满当当，里面要有鸡蛋，有番茄，有面条。我得时时刻刻在你说饿了的时候做出番茄鸡蛋面：鸡蛋要炒一个，下番茄丁炒出所有的汁液，把一个生鸡蛋搅拌在水里熬汤。汤汁不但浓稠而且鲜香。再煮些面条，淋几滴麻油。在这个冷夜先喝一口热汤，再吸溜一口面条，就如同我在身边。晚安。

很多人跟我一样，患了晚 11 点到凌晨一定要吃东西的病，而且是种传染病：虽然病菌已经消失，病患却无法痊愈。你给我的第一份晚餐是炸土豆，细心切好块，然后放锅里慢慢小心煎炸，它既有表面的金黄香脆，又有内里的柔软甜糯。配上一勺辣椒孜然粉，绝对是用心良苦。其实我不需要你给我山珍海味，放爱就好。晚安。

巨蟹座的弱点在于再悲伤也要笑着说没关系，就像是坚强背后总是最柔软的内心，就像是炸鲜奶。把牛奶加水和淀粉后凝固，再调上一个蛋液脆浆，放在高温油锅里沉浮至成熟金黄。你看它无坚不摧还冒着张牙舞爪的热气，若它愿意亲近你让你咬一口，所有的温柔一泻而下毫无保留。谁不是有开始就想要远方？晚安。

今晚的晚安食谱很简单，因为偶尔需要放肆的人生。我拿出了冰箱里的一盒奶油，打发，加糖，再打发。先用手指抠一块，不够甜再加糖，吃完满满一罐。甜梦，晚安。

人一到天冷就容易饿，但是不论春夏秋冬都止不住对高热量食物的热爱。就说油炸食物吧，它冒着热气从油锅里捞起来的那一刻，估计连神仙都挪不动脚步。今天来教教你做面糊吧。低筋面粉、淀粉、鸡蛋、水、苏打粉，按照2：1：2：2：0.1的比例调制。盐和画龙点睛的胡椒面儿，裹上你任意想包裹的东西，你会听到嗞嗞啦啦的爱。晚安。

今晚想要吃饱足感的食物，打开一包火锅底料，放上你最爱吃的土豆，一定要煮到软烂，烂到颜色变深，软到筷子一夹就碎掉。粉粉的、糯糯的，让整个房间萦绕着火锅的馨香。在香油碟里面浸过，淋上老陈醋。这种简单的幸福，什么都换不来，什么也不换。晚安。

想出去吃烧烤却不想挪动脚步，家里没有办法起火却有烤箱。这个时候你可以把茄子、土豆、花菜、肉都搅拌均匀，里面撒上酱油、香油、辣椒面儿、孜然粉和盐、胡椒面儿，然后放在烤箱里面 180℃烤 20 分钟，整个扑鼻而来的香气会让房间瞬间化身 BBQ（烧烤）的乐园。当然，如果邀请了好朋友，依然记得狠狠来一块黄油。亲爱的多吃点儿。晚安。

总归今天是想吃点儿黏黏的东西，于是我们把年糕再一次拿了出来。既像是久别重逢的灼热，又像是淡如止水的礼遇，年糕蒸软放在油里炸至金黄，看到酥酥的外壳包裹着雪白的柔软年糕，恰如那灼热下掩盖的细水长流。再浇上一抹焦糖，或者红糖。撒上些许桂花，就让这扑鼻香气萦绕在你我的梦想中。如此好梦，晚安。

爸爸去哪儿了？不管去哪儿，饭总是要吃的。我爸很少做饭，但是烧鱼一定是一绝，特别是酸菜鱼汤。鲫鱼两面煎，然后酸菜猪油炒，开水下锅出来的鱼汤奶白浓稠，回口还有微微酸辣。鱼肉酸菜通通不要，留着那一层鱼油的奶汤，一喝满口久违的温暖。其实很多时候，生活就是一碗汤一碗饭，今晚好好爱爸爸。晚安。

今天就伴着咸豆浆入睡吧。一碗白豆浆，撒上榨菜、紫菜、虾皮，泡着油条，再来一勺酱油。想必第一次吃到的人会觉得它黑暗不堪，其实喝起来会觉得：咦？竟然还有这番滋味！就像你认为本该且独有的那个我，换了平常的模样，并不是变心。只是愿意为你改头换面，每天重新爱上你一次，每天给你一个新的我。晚安。

今晚我生了一盆炭火，寒风把炉火吹得噼啪作响火星四射。我开了一打生蚝，用刀戳上去它们还蠕动着。对不起了，我默默念了一句，然后放上一把蒜泥，还有提前泡发了的粉丝。就这样噼里啪啦丢在炭火上，让灼热的火焰给蒜泥涂上金色，嗞嗞冒响的油星和弥漫在空气中的快感，于是我成了爱的凶手。晚安。

今晚应该买一盒芝士，就像奶油那种你们知道吗？然后用打蛋器打发，加点儿奶油，加点儿细砂糖，打发到感觉一圈一圈的那种浓稠度。再拿出一罐巧克力酱，精心地摆放在小碟子里。拿出一包手指饼干，最便宜的那种但是要吃起来掉渣的。浅蘸一口酱，狠狠深蘸一下芝士，就跟火柴一样含嘴里，充盈的幸福感啊！晚安。

两大勺（一大勺大约是 14.79ml）有机青柠檬或者有机黄柠檬的新鲜汁液，两大勺枫糖浆（不是加入枫糖浆味的普通糖浆），1 / 10 勺（一勺大约 4.93ml）有机红辣椒面儿 (Cayenne pepper)，8 盎司（8 盎司大约是 236.59ml）的室温纯净水。这是著名的枫糖柠檬断食法，光喝水 5 天后可以吃东西。送给你们，晚安。

又到准点饥饿的时候，你们家里有鸡翅吗？用刀内侧划口，腌制上盐、孜然粉、胡椒面儿、酱油、糖、蜂蜜或甜酱，然后包裹好锡箔纸，放在烤箱里面慢慢烤，180℃烤 30 分钟。再趁热撕开锡箔纸，一个冒着缕缕热气的鸡翅膀仿佛已经在向你招手了！这种时候，如果还有一杯煮过的啤酒，将会是一夜无梦吧？不想你了，晚安。

来碗煲仔饭吧，我记得告诉过你要在煲底部抹薄薄的一层油，米和水的比例为 1 ∶ 1.5。大概 10 分钟不到，饭开始收干的时候把切好的腊肠放进去，盖上盖，换最小火，再煮 3 ～ 4 分钟。关键时刻来了。关掉火，让煲仔饭焗 15 分钟。不要再打开盖来看——这是煲仔饭的关键。有时候，一心急反而幸福就没了。晚安。

今晚我拿出了一个芒果放进了搅拌机，打成芒果酱。然后再拿一个切小粒，剥好一个柚子，小心地撕去皮剥出果肉。再拿出最好的西米，煮 15 分钟，焖 5 分钟。过冰水再把它们都搅拌在一起，甚至都没有糖浆，因为上好的芒果已经足够香甜。就像有你的生活，每一天都那么甜。做杨枝甘露，给爱的你。晚安。

爱情不能像吃快餐，因为你无法体会到它每一层的滋味。但爱情就像汉堡包，你如果囫囵吞枣般大口下咽，这样只是解决了饥饿。你应该把它拆分开，面包、牛排、沙拉，配上一副刀叉，细嚼慢咽这顿法国菜。慢慢品尝，这垃圾食品摇身一变竟然也是饮食均衡的美味，高大上（高端大气上档次）的节奏。爱对了人就像吃对了菜。晚安。

今日我觉得要好好喝一杯 Mojito（鸡尾酒），可是没有青柠檬。你可以去买一瓶水溶C100，掺一半汤力水，加一点儿薄荷叶，一半朗姆酒(略浓)，再搅拌压碎融合，喜欢甜的朋友再加上一勺白糖，总归也不知道正宗与否，地道与否，只要能飘飘欲仙就是好酒，是消遣时光的好饮品。有时候喝醉反而会更清醒地品味这个世界，晚安。

其实你跟我讲过好多好吃的，在这一刻都记不起来。家里有好多剩饭，微波炉里面热一热，黄油煎几块肥牛，再铺些洋葱，拌上一些香油和酱油，煮一个5分钟的溏心蛋，搅搅拌拌就伴着记忆吃下去。很多时候，你不在身边，就算离去我也要更加照顾好自己。让我在你手机上汪汪一声。晚安。

每晚的准点情人你好，今夜是在饺子里包芝士，肉馅儿要是牛肉的，放很少的韭黄进去，搅拌的时候放些比萨酱、番茄碎、罗勒叶、盐、胡椒面儿，加蛋黄打到黏稠，再把切好的马苏里拉放进去，而且一定要蒸。这样的芝士才会在咬开的瞬间一口流淌到舌尖，一口温润心头。你总说韭菜吃了嘴巴有味道，现在来亲一个吧。晚安。

今晚吃提拉米苏，马斯卡朋加上奶油打发，少许糖、蛋黄搅打在一起，然后下面铺上抹茶蛋糕，一抹厚厚的力娇酒，然后下面铺上水果混合丁。这样下去甜酸滋味在一起冗杂，像极了你跟我的情感。被所有复杂包容着，留不住一丝喘息的机会。它透过本来的复杂之后，又回归到最纯洁的内心。带我走，晚安。

平安夜要推荐热红酒，不管什么价格的红酒，放在锅里煮，加入肉桂、陈皮、苹果、梨、白糖一起煮开。煮到未开锅关火焖 10 分钟，然后一饮而下。这是德国最流行的治疗感冒的特饮，喝后立马上头，脸蛋绯红，额头微微发汗，看什么东西都迷幻又意乱情迷。这种飘飘然的感觉就像热恋，只能帮你们到这里了。晚安。

圣诞没有大餐没有电影没有教堂没有红酒，但是这种时候我更需要自己的小幸福。微信里你说好想我，我也想依偎在你旁边。泡一杯豆浆，里面放上抹茶粉和糖，最后放一些海盐。这样的幸福，虽然清淡，但不乏味；这样的节日，少了喧嚣，却多了温暖。感情有几百次难过的时候，却有一千次想紧紧拥抱你的时刻。晚安。

蒸一盆饭，用葱油炒香野山椒，然后放入豆豉和鲮鱼煸炒到喷香，倒入米饭，炒香起锅之后淋上香油。整个米饭颗颗分明，香气四溢。特别是那点睛的辣椒，在鲜香之后带来辛辣的后劲儿，如同你在我怀里的温馨之后，又有生活的更多惊喜。一碗炒饭，伴着岁月和生活，它不花哨却温暖人心。到碗里来，晚安。

今晚我们准备了些肉末，在油里略微煸炒变色，烹一些料酒，再往里面放一些酸菜丁。炒到肉末金黄酸菜汁液融合肉汁，然后这一盘放在面前，要炒饭也好，要拌面也罢，要做成包子饺子都可以。我本来就很爱这种简单的食物，以不变应万变。她强迫自己适应所有的人，可是她自己忘了，爱她的人就爱这个味道。晚安。

新年第一个晚安，一定要来一锅卤水，里面要有几颗卤蛋，几个鸭腿，几片豆干，它们都被卤汁染得棕棕的。卤水里面放上大料、香叶、肉桂、丁香、生姜、葱、花椒、陈皮、老抽、红糖。咕嘟咕嘟冒着热气，它让整个房间都萦绕着一股奇异的香气，那种暖暖的味道。一种可以战胜饥饿的温柔。新年快乐，晚安。

图书在版编目（CIP）数据

把爱做到菜里面 / 魏瀚著 . -- 长沙：湖南文艺出版社，2014.8

ISBN 978-7-5404-6835-4

Ⅰ . ①把… Ⅱ . ①魏… Ⅲ . ①散文集—中国—当代
Ⅳ . ① I267

中国版本图书馆 CIP 数据核字（2014）第 153849 号

上架建议：散文·青少年励志

把爱做到菜里面

作　　者：魏　瀚
出 版 人：刘清华
责任编辑：薛　健　刘诗哲
监　　制：蔡明菲　潘　良
策划编辑：邹和杰
特约编辑：尹　晶
营销编辑：刘碧思　尤艺潼
封面设计：又　一
版式设计：车　球
内文排版：利　锐
出版发行：湖南文艺出版社
（长沙市雨花区东二环一段 508 号 邮编：410014）
网　　址：www.hnwy.net
印　　刷：北京盛通印刷股份有限公司
经　　销：新华书店
开　　本：880mm × 1230mm　1/32
字　　数：184 千字
印　　张：9
版　　次：2014年8月第1版
印　　次：2021年7月第3次印刷
书　　号：ISBN 978-7-5404-6835-4
定　　价：38.00 元
（若有质量问题，请致电质量监督电话：010-84409925）